단풍이 꽃말은 모의고사

단풍의 꽃말은 모의고사

강석희
박민정
송미경
심너울
조규미

㈜자음과모음

 차 례

심너울
9월 모의고사 날 세계 멸망
7

조규미
시계 없는 아이들
47

강석희
프리즈!
83

박민정
좀 더 살아 보고 말할게요
123

송미경
우리의 필적 확인 문구
153

9월 모의고사 날 세계 멸망

심너울

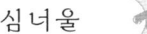

2018년 서교 예술 실험 센터의 공모전에서 단편 소설 「정적」으로 데뷔한 이후 꾸준히 작가 생활을 하고 있다. 소설뿐만 아니라 에세이, 칼럼, 시나리오 등 여러 형식의 작업에 도전하고 있다.

　지구 문명을 열 번 정도 리셋할 수 있는 크기의 소행성이 지구에 접근하고 있다는 사실이 대중에 알려진 것은 삼 년 전, 하지현이 중학교 3학년일 때의 일이었다.

　나사(NASA)를 포함한 여러 국가의 항공 우주국은 종말이 다가오고 있다는 걸 감추기 위해 애를 썼다. 하지만 소행성의 장엄한 크기는 숨기려야 숨길 수 있는 것이 아니었다. 아마추어 천체 관측자 몇몇이 소행성이 지구 쪽으로 다가오고 있다는 것을 인터넷에 올렸고, 그 글들은 빠르게 퍼졌다. 결국 세계의 정부들도 인정할 수밖에 없었다. 꽤 유의미한 확률로, 몇 년 안에 인류가 멸망할 수 있다는 사실을.

　기후 위기 같은 전 지구적 문제 앞에서도 단합하지 못한 것을 보면 인류는 원래부터 그럴 수 없는 족속인 것 같지만, 소행성은 단번에 호모 사피엔스 전체를 공룡 곁으로 보낼 수 있는, 지나치게 잘 보이는 재앙이었다. 덕분에 인류는 처음으로 힘을 모을 수 있었다. 한국과 미국과 러시아의 대통령, 영국과 호주와 캐나다와 뉴질랜드와 인도의 총리, 중국 주석, 유럽과 아프리카와 동남아 연합의 사무총장 등등이 이 문제에 대응하는 '카이로스 프로젝트'에 찬동했다.

카이로스 프로젝트는 누구나 이해할 수 있을 만큼 간명했다. 삼 년 뒤 소행성이 지구에 충분히 근접하면 핵미사일로 요격하여 궤도를 바꾼다. 실패하면? 모두 죽는다.

여느 나라들처럼, 처음 소문이 퍼져 나갔을 때 한국 사회도 몹시 혼란스러워졌다. 모든 대형 마트의 매대와 가판대가 텅텅 비었고, 희망을 놓은 사람들이 대교에서 휙휙 뛰어내렸다. 미래보다는 현재를 생각하기로 한 인간들은 은행으로 달려가 예금을 전부 인출하려 들었다. 소행성이 유발한 뱅크 런은 전 세계에 역병처럼 퍼져나가 순식간에 국제 경제를 가사 상태로 만들었다.

시간이 점점 흘렀다. 카이로스 프로젝트는 꾸준히 진행되었다. 옛 국제 우주 정거장의 다섯 배에 버금가는 미사일 플랫폼이 지구 궤도에서 하나씩 조립되기 시작했다. H. U. N. T. E. R.(Humanity's United effort for Neutralizing Threatening Extraterrestrial Rocks), 일명 '사냥꾼'이라고 불리는 그 플랫폼은 누구나 볼 수 있을 정도로 환히 빛나면서 재빠르게 밤하늘을 가로질렀다. 정부 수반들은 요격 시뮬

레이션의 성공률이 99.9퍼센트 이상이라고 발표했다. 사람들은 '사냥꾼'을 보면서 조금씩 희망을 되찾기 시작했다.

하지현이 고등학교 3학년이 될 즈음, 세상은 본래 모습으로 돌아와 있었다. 얼마 지나지 않아 죽을 수 있다는 공포에 질렸던 사람들은 다시 일자리로 복귀하고 지루한 일상을 견디며 삶을 살아냈다. 학교도 마찬가지였다. 의대 입시 설명회에는 수많은 학부모가 몰렸고 교육부는 수시와 정시 입학생 비율을 두고 학생들을 저울질했다. 학원 강사들은 수능 대비용 문제집을 만들었다. 교육은 미래에 투자하는 일이다. 모든 국민은 내년에도 해를 볼 수 있으리라고 믿었기에, 언제나 그렇듯 교육이 가치 있다고 생각했다.

하지현은 2015년, 경기도의 한 신도시에서 외동딸로 태어났다. 그가 살아온 환경은 한국에서 가장 표준적인 모델로 삼는 중산층의 가정 환경 그 자체였다. 하지현의 부모는 둘 다 은행원으로, 맞벌이를 하면서 돈을 필사적으로 모았고 대출이란 대출은 싹 다 긁어서 전부 아파트와 딸에게 바쳤다. 부부는 서로를 사랑했고, 딸을 사랑했다. 그리고 딸이 계급 이동의 사다리를 타고 상위 중산층으로 올라가게 하는 것이야말로 딸에 대한 자신들의 사랑을 증명하는 방법이라는 걸 믿어 의심치 않았다.

동시에, 그들은 딸이 계급 이동의 사다리를 탈 수 있게 하는 가장 좋은 방법이 바로 딸을 고급 전문직으로 만드는 것이라고 믿었다. 예를 들면 의사, 아니면 의사, 혹은 의사 같은 직업 말이다. 그래서 하지현이 가능한 한 모든 교육을 다 받을 수 있도록 애를 썼다. 하지현은 경쟁률이 무시무시한 영어 유치원을 다녔고, 초등학교 6학년 때 미적분을 풀었으며, 중학교 2학년 때부터 뉴욕 타임스의 사설을 읽고 에세이를 썼다.

비록 사랑이 그 동기라 한들, 어린아이에게는 가혹한 일이었다. 그러나 다행히 하지현은 강도 높은 한국식 교육을 잘 받아들이는 기질을 가지고 태어나, 부모가 바라는 것을 자기 스스로도 바라게 되었다. 언젠가 의사가 되어서 평생 부유하고 풍요롭게 살아가겠다고.

이렇게 자라났으므로 그는 삶에 대한 불안이 별로 없었다. 그에게 삶은 어렵지만 분명히 완수할 수 있는 임무가 주기적으로 주어지고, 그것을 해내면 마땅한 보상이 제공되는 게임 같은 것이었다. 눈앞의 길을 따라가다 보면 자연스럽게 의사가 될 거고, 괜찮은 남자랑 결혼할 수 있을 거고, 한강이 보이는 아파트에서 살 수 있을 거고…… 그는 부모만큼이나 그런 삶을 확신했다.

그 과정에서 하지현은 자신과 다른 삶을 살아가는 아이들을 이해할 수 없게 되었다. 그 애들이 왜 자기처럼 공부를 열심히 하지 않는지, 어른들의 말을 잘 따르지 않는지 알 수 없었다. 왜지? 어른들 말대로만 하면 편안한 미래가 기다리고 있는데?

하지현이 속물적이라고 비난할 수는 없을 것이다. 하필 그에게 주어진 삶이 기질적으로 너무 잘 어울렸던 것이고, 다른 방식의 삶을 겪어 볼 만한 기회도 없었으니까.

그러니 하지현이 친구를 많이 만들 수 없었던 것도 어쩔 수 없는 일이었다. 사실 하지현은 외톨이다. 그러나 그는 또래의 인정을 그다지 갈구하지 않았다. 하지현의 부모와 교사들은 하지현의 성적을 보고 아주 기특해했다. 그리고 하지현에게는 자신보다 인생을 훨씬 오래 산 어른들에게서 받는 인정이 또래 들에게서 받는 인정보다 더 값졌다.

이제 고등학교 3학년이 된 하지현은 삶에서 사춘기 시절에 대한 보상을 받을 수 있는 시간이 얼마 남지 않았다고 생각하고 있었다. 또, 모의고사 성적은 나무랄 데가 없고 내신도 훌륭하니, 이대로만 간다면 이름 높은 다섯 개의 의대 중 한 곳에 들어갈 거라고 확신하고 있었다.

그러다가 김도윤과 엮이게 되었다.

소행성이 떨어진다는 사실이 사회에 아무 변화도 가져오지 못한 것은 아니었다. 어떤 사람들은 끝끝내 카이토스 프로젝트가 성공할 거라고 믿지 못했다. 오히려 역사가 마침내 종말을 맞는다고 확신했다. 나사의 발표가 아무리 긍정적이어도, 저 우주 멀리서 다가오는 소행성을 인간의 힘으로 조정한다는 개념 자체를 받아들이기 힘든 사람들이었다. 다른 이들은 그들을 '종말론자'라고 불렀다.

종말론자들도 여러 부류로 나뉘었다. 어떤 종말론자들은 남은 하루하루를 최대한으로 즐기기로 마음먹었다. 집 같은 큰 자산을 내다 팔고 그 돈으로 매일매일 좋은 것을 먹고 액티비티를 즐겼다. 아이러니하게도, 이 소비주의자들 때문에 전 세계의 관광 산업은 어느 때보다 활성화되었다. 물론 마약 유통 등의 지하 경제 산업도 최고점을 찍었지만.

어떤 사람들은 지구가 멸망한 뒤에도 반드시 살아남겠다고 다짐했다. '생존주의자'라고 불리는 사람들이었다. 다만, 이는 새롭게 나타난 개념이 아니다. 소행성이 떨어지기 전에도 미국 등지에서 살짝 정신이 나간 사람들이 핵전쟁 같은 전 지구적 재해에 대비하려고 벙커를 팠고, 총과 물고기용 항생제와 통조림과 생수 등을 모으곤 했다.

소행성 충돌의 위기 아래, 한국에도 생존주의가 수입되었다. 지방 곳곳에서 벙커 공사가 활발해졌다. 그들은 소행성이 진짜 지구에 떨어지게 된다면 지각과 맨틀이 뒤섞여 세상이 딸기 쿠키 스무디 비슷한 꼴이 될 것이며, 따라서 죽어라 벙커를 파 봐야 아무 의미가 없다는 사실을 애써 외면했다.

한편 일신의 행복이나 생존 따위를 전혀 신경 쓰지 않는 사람들도 있었다. 그들은 이 세상과 인류를 굽어살피는 신이 존재한다고 믿었다. 소행성은 마침내 내려온 신의 심판이고, 인류는 이

심판을 피할 수 없으리라고 생각했다. 그러므로 그들에게 있어 종말은 곧 필연이었다.

동시에, 그들은 인간이 단지 피와 살로만 이루어진 존재가 아니라고 생각했다. 소행성이 떨어지면 다양한 방식으로 파괴되는 인간의 신체에서 영혼이 떨어져 나올 것이다. 그때, 오직 구원받은 이들의 영혼만이 신 곁으로 갈 것이다. 이 믿음은 자연스럽게 종말론 컬트를 만들어 냈다.

종말론자들은 여러모로 사회에 좋지 않은 영향을 미쳤다. 죽음이 코앞에 다가온 상황에서 질서 따위는 아무 의미 없다고 생각하는 사람들이 넘쳐나니 당연한 일이었다.

그런데 소행성 충돌이 신의 심판이라고 믿는 증말론 컬트는 종말론자 중에서도 특히 질이 안 좋은 인간들이었다. 그들은 종말을 고대하고 바랄 뿐만 아니라, 이를 사회에 적극적으로 실현하려고 했다. 종말 질서에 어긋난다며 카이로스 프로젝트를 사보타주했고, 프로젝트에 투자하는 정치인들에게 테러를 가하기도 했다.

종말론 컬트는 곧바로 국가의 철퇴를 맞았다. 엄청난 수의 신자와 종교 지도자가 감옥으로 끌려갔다. 하지만 그들은 자신들이 마치 순교자라도 되는 것처럼 으쓱거렸다.

이 컬트 때문에 전 세계의 수많은 가정이 산산조각 났다. 일도 안 하고 매일 이상한 유튜브 방송이나 보면서 다 함께 맞을 죽음을 기쁜 마음으로 기다리는 사람이 집에 있다면, 집안이 제대로 돌아가겠는가?

　김도윤은 하지현과 아주 비슷한 삶을 살아왔다. 그도 신도시 키드였다. 김도윤의 아버지는 한 전자 기업의 법무 팀에서 일하는 변호사였고, 어머니는 초등학교 교사였다. 그들은 김도윤이 변호사가 되길 바랐다. 하지현처럼 부모의 목표와 자신의 목표를 완벽하게 동일시하지는 못했지만, 그래도 김도윤 또한 그럭저럭 그들의 기대에 맞춰 살고 있었다. 그런데 소행성이 가족을 완전히 바꿔 놓았다.

　김도윤의 부모는 한 목사가 이끄는 종말론 컬트에 빠져들었다. 그들은 교회에서 서로를 처음 만났을 정도로 독실해서, 소행성이 신의 심판이라는 목사의 말을 그대로 믿어 버린 것이다. 김도윤의 어머니는 학교에서 아이들에게 종말론을 설파하다가 쫓겨나 구속되었다. 김도윤의 아버지는 회사를 때려치우고 자기 아내와 또 다른 종말론자들을 변호하는 데 온 힘을 쏟기 시작했다.

　김도윤은, 처음에는 부모를 믿었다. 모태 신앙이라 부모의 종교적 정신을 어느 정도 물려받았기 때문이었다. 신앙적 신비 체험 같은 건 하지 못했지만 그래도 어릴 때부터 꾸준히 교회에 다녔으며, 무엇보다 자신의 부모를 사랑했다. 그래서 종말론 컬트에도 함께했다. 그리고 종말론 컬트는 국가의 권능에 의해 소행성보다 먼저 부서져 내렸다.

김도윤은 고1 때 종말론 컬트에서 '구출'되었다. 정부는 컬트의 위험한 사상에 노출된 청소년들을 치료하는 데 무진 애를 썼다. 그래서 그는 고2가 되어서야 다시 학교로 돌아올 수 있었다.

한편 하지현의 어머니는 김도윤의 어머니와 친한 사이였다. 두 가족은 같은 아파트 단지에 살며 같이 아이를 키웠다. 물론 김도윤의 어머니가 종말론 컬트에 빠지고 구치소에 들어가면서 거리를 두게 되었지만 말이다.

어느 날, 하지현의 어머니는 입시 설명회에서 매우 매혹적인 이야기를 들었다. 작년에 서울대 의대에 합격한 학생 중, 종말론 컬트에서 구출된 학생들을 도운 일로 생기부를 꾸민 학생들이 많다는 것이었다. 그는 김도윤이야말로 하지현을 서울대 의대에 보내는 데 매우 적합한 인물임을 깨달았다. 그래서 자기 딸에게 이렇게 말했다.

"너, 도윤이 알지? 걔 공부 가르쳐 줄래?"

그렇게 하지현은 김도윤과 만나게 되었다. 고3이 된 지 얼마 지나지 않은 4월에.

소꿉친구였던 둘은 같은 아파트 단지에서 자라면서 언제나 함께 놀았고, 가로수가 자라나는 것을 같이 보았다. 그래서 종말론 컬트가 생기기 전까지 둘은 서로를 자기 삶에 당연히 존재하는 인물 중 하나라고 생각했다. 그러다 김도윤이 증발해 버린 것이다. 하지현의 삶에서 몇 안 되는 친구 중 하나가.

섭섭했지만, 하지현은 종말론 컬트에 엮인 김도윤을 다시는 만날 수 없을 거란 사실을 받아들였다. 그런데 그의 삶에 김도윤이 갑자기 다시 출현했다.

어머니에게 제안을 받았을 때 하지현은 조금 당혹스러웠으나 기쁘게 수락했다. 김도윤의 이야기를 들었을 때, 그는 김도윤을 동정했다. 그래서 옛 친구의 공부를 돕고 그가 처박혀 있는 수렁에서 헤어 나오도록 돕는 것이 선한 일이라고 믿었다.

하지현은 스터디 카페의 과외용 방에서 국어 교과서를 읽으며 김도윤을 기다렸다. 하지만 속으로는 긴장하고 있었다. 너무나 좋아서 몇 번을 읽어도 전혀 질리지 않는 전설적인 작가 심너울의 단편을 읽고 있었지만, 보석처럼 아름답다고 평가받는 문장들이 전혀 눈에 들어오지 않았다. 김도윤은 어떻게 변했을까?

그때 김도윤이 들어왔다. 하지현은 김도윤을 올려다보았다. 그리고 동시에, 삼 년의 세월이 사람을 어떻게 바꾸는지 절실히 느꼈다. 키가 엇비슷했던 중학생 남자애는 훌쩍 자라 있었다. 제대로 다듬지 않은 수염이 코 밑에 거뭇거뭇했고, 자세도 이전보다 훨씬 당당해 보였다.

어색하게 인사를 한 다음, 김도윤은 하지현 앞에 앉았다. 하지현은 과거의 이야기를 나누려고 했지만, 김도윤은 무뚝뚝했다. 자기 부모에게서 들은 김도윤의 이야기를 떠올린 하지현은 어떤 식으로든 그의 부모를 언급하지 않는 게 낫겠다고 생각하면서 과외가 어떻게 진행될 것인지 알렸다. 일주일에 두 번 만나 하루에 세 시간씩 공부한다. 공부 과목은 가리지 않는다. 6월과 9월 모의고사, 수능을 중점적으로 파기로 한다.

그리고 말했다. 나는 최선을 다할 것이니 너도 열심히 따라와 달라고. 김도윤은 잠시 침묵하다가 대답했다.

"알겠어."

수업은 나쁘지 않았다. 김도윤은 고등학생이 된 이후로 공부를 완전히 놓고 있었던 것 같았지만, 그래도 중학생 때 쌓았던 기본기가 분명히 남아 있었다. 하지현은 김도윤에게 비문학 지문을 분해하여 독해하는 방법을 알려 주었고, 구분 구적법에 대해 설명했고, 영어 어휘는 어떻게 외우는 것이 좋은지 말해 주었다. 김도윤은 조용히 따라왔다.

하지현은 김도윤이 별다른 말을 하지 않는 게 아쉬웠다. 자신이 대화를 시도하는 걸 알면서도 의도적으로 침묵하는 것만 같았다. 게다가 김도윤은 감정적인 반응을 거의 보이지 않았다. 얼굴에는 그저 완전한 무표정이 자리 잡고 있었다.

과외가 끝나자 곧바로 나가려는 김도윤을 하지현이 불렀다. 김도윤이 한쪽 어깨에 가방을 걸친 채로 뒤돌아보았다.

하지현은 말했다. 너를 진심으로 돕고 싶다고. 둘이 함께 보냈던 어린 시절을 여전히 기억한다고. 자신은 지금 학교에서 거의 외톨이처럼 살고 있는데, 이렇게 소꿉친구를 다시 만나서 자기가 열심히 살아온 것을 전할 수 있다는 것이 기쁘다고. 그래서 너를 도와서 네가 좋은 대학에 가게 해 주고 싶다고.

"그래, 알겠어."

그리고 김도윤은 방을 나갔다.

하지현은 입을 살짝 벌린 채로 닫힌 문을 바라보았다. 어쩌면 좀 더 이야기할 수 있을지도 모른다고 생각했다. 다시 김도윤과 친해질 수 있을 거라고 생각했다. 그러다 보면, 중학생 때 수많은 밤을 고뇌했지만 결국 하지 못했던 말을 아무것도 아닌 것처럼 꺼낼 수 있을 거라고 생각했다.

나, 너 좋아했었는데.

그 후 몇 번을 만났지만, 여전히 김도윤은 하지현에게 먼저 말을 걸지 않았다. 하지현은 그것이 너무 아쉬웠다.

지금까지 하지현은 자신이 외톨이라는 사실에 별로 개의치 않았다. 어른들에게 받는 인정으로도 충분히 만족스러웠으니까. 그러나 김도윤은 하지현에게 조금 다른 의미로 다가왔다.

처음에는 자신이 무엇에든 최선을 다하기 때문에 김도윤을 가르치는 데에도 최선을 다하는 것뿐이라고 생각했다. 하지만 아니었다. 하지현은 그저 김도윤이 여러모로 궁금했다. 어떻게 이렇게 부쩍 자랐는지, 그동안 무슨 일이 있었는지 궁금했고, 자신의 가족과 미래에 대해 어떻게 생각하고 있는지, 하지현과 함께하는 공부는 어떤지 궁금했다.

그러니까, 하지현은 김도윤을 통해서 조금 뒤늦게 또래와의 인간관계에 직면한 것이다. 하지현의 세상은 김도윤이라는 자극 때문에 새로운 방식으로 흔들리고 있었다. 이상하게도, 동시에 중학교 때 그를 잠 못 이루게 했던, 비록 어설펐지만 분명했던 사랑이라는 감정 또한 다시 피어났다.

하지현은 김도윤과 제대로 대화를 하지도 못하고 있는데 김도윤을 다시 좋아하게 되었다는 게 말이 안 된다고 생각했다. 하지만 사랑은 원래 비논리적인 감정이며 가장 노련한 어른도 다루기 힘들다. 특히 사춘기 때 겪는 앞뒤 못 가리는 애정은, 인간이 평생 느끼는 감정 중 가장 비논리적이고 힘센 것이다.

하지현은 이 마음을 김도윤에게 전달하고 싶었다. 그런데 하지현이 인간관계에서 잘 쓸 수 있는 전술이란, 어른들에게 인정받는 방법들뿐이었다.

그래서 하지현은 자신이 알고 있는 대로 했다. 우선 아주 철저한 과외 선생이 되었다. 밤을 새워 가면서 김도윤을 위한 참고 자료를 만들었다. 김도윤은 하지현이 주는 파일에 몇 시간의 노고가 들어간 줄도 모르고 그것을 별말 없이 받아들었다. 다행히 김도윤은 공부 면에서는 확실히 재능이 있는 학생이어서, 성적이 빠르게 오르기 시작했다.

하지만 몇 개월이 지나도록 하지현은 김도윤과의 관계에서 진짜로 원하는 것을 얻지 못했다. 김도윤은 사적인 이야기를 도저히 털어놓으려고 하지 않았다. 하지현은 어떻게 하면 타인과 사적인 대화를 시작할 수 있는지 모르면서도 김도윤과 대화를 하려고 노력했다. 하지만 양방향적이지 않은 대화가 제대로 시작될 리가 없었다.

그럼에도, 하지현은 결국은 자신이 세운 방정식대로 삶이 굴러갈 거라고 생각했다. 그는 6월 모의고사에 꽤 기대를 걸고 있었다. 김도윤의 6월 모의고사 성적이 잘 나오면, 김도윤이 자신을 인정할 거라고 믿은 것이다. 좋은 성적을 받았을 때 어른들이 자신을 인정해 줬듯이 말이다.

6월 모의고사가 끝났다. 소행성은 이제 화성과 목성 사이에 도달했다. 30만 원짜리 망원경으로도 관측할 수 있을 정도로 가까워졌다. 그러는 동안 '사냥꾼'은 완전히 완성되었고, 수소 폭탄을 장착한 탄도 미사일 서른 개가 장전되었다.

하지만 하지현에게 소행성 따위는 알 바가 아니었다. 하지현은 그 문제는 어른들이 알아서 잘 해내리라고 확신했다. 더 중요한 건 김도윤과 다시 만나는 과외 날이었다.

둘은 각자의 가채점 표를 챙겨 언제나처럼 스터디 카페에서 만났다. 하지현은 자기 성적이 당연히 전부 1등급이라는 걸 이미 알고 있었으므로, 김도윤의 성적이 궁금했다. 그래서 마치 제 성적이라도 되는 양, 두근대는 마음으로 김도윤의 답을 하나씩 정답 확인 사이트에 입력했다.

가채점 결과가 나왔다. 굉장히 괜찮은 성적이었다. 하지현은 기쁜 표정으로 김도윤을 바라보았다. 김도윤은 미묘한 표정으로 노트북 화면을 보다가 말했다.

"오늘은 좀 쉬자, 그럼."

"좋아, 좋아. 산책이나 할까?"

하지현은 아주 들떠서 답했다가, 김도윤이 자기 마음을 알아챘을까 봐 놀랐다. 이상했다. 그렇게 좋아했으며 지금도 좋아하는 것 같다는 것을 전하고 싶지만, 그 사실을 김도윤이 눈치채는 것은 불안하다는 게. 그러나 김도윤은 무표정했다.

둘은 스터디 카페에서 나와 밤거리를 걸었다. 기후 위기 때문에 6월의 밤 날씨는 푹푹 쪘지만, 하지현은 아무렇지 않았다. 그의 가슴이 날씨보다 더 뜨겁게 불타고 있기 때문이었을지도 모른다.

하지현이 신나서 말했다.

"계속 이렇게만 하면 인 서울 공대도 갈 수 있겠다. 너 진짜 완전 재능 있다, 야."

"그래."

김도윤은 짧게 답하고 뚜벅뚜벅 걸었다. 하지현은 종종걸음으로 그 뒤를 따라가면서 계속 말을 걸었다.

"넌 학교 어디 가고 싶어? 난 의대 가려고."

"가서 뭐 하게?"

"의사 하겠지? 서울 가는 거, 기대되지 않아? 넌 대학교 가면 뭐 하고 싶은 거 없어? 아니면 어떤 직업을 얻고 싶다든지……."

갑자기 김도윤이 멈춰 섰다. 하지현은 빛나는 눈으로 그를 올려다보았다.

"난 신경 안 써."

왜인지 슬퍼 보이는 표정으로, 김도윤은 한숨을 쉬고 길가의 방음벽 난간 위에 걸터앉았다. 그러고는 주머니에서 담배와 라이터를 꺼내 담배에 불을 붙이려 했다.

"뭐, 뭐 하는 거야?!"

하지현은 기겁하면서 청소년 일탈의 상징을 재빨리 빼앗아 땅바닥에 던지고 짓밟았다. 김도윤은 담배꽁초를 으깨는 하지현을 조용히 바라보다가 말했다.

"있잖아, 나는 내년에 내가 뭘 하든 존나 아무 신경 안 써. 어차피 당장 지구가 멸망할지도 모르는데 그게 무슨 상관이야?"

"세상이 그리 쉽게 망하겠어?"

김도윤이 한숨을 푹 쉬었다. 하지현이 믿기 힘들다는 투로 물었다.

"너, 설마 아직도 그 이상한 종말론 같은 거 믿는 거 아니지?"

그 질문이 김도윤의 역린을 건드렸다.

"그게 너랑 무슨 상관인데?!"

김도윤이 화를 내면서 일어나자, 하지현은 놀라 한두 걸음 뒷걸음질을 했다. 김도윤은 타오르는 듯한 눈으로 하지현을 바라보면서 말했다.

"내가 그런 거 믿든 말든 무슨 상관이야? 어차피 너는 생기부 때문에 나 가르쳐 주는 거잖아. 중요한 건 성적뿐이면서 내 삶에 간섭할 생각 하지 마. 동정하지도 말고. 존나 역겨우니까."

쿵. 방금까지 기대에 가득 차 있었던 하지현의 심장이 떨어졌다. 하지현은 얼굴이 뜨겁게 달아오르는 것을 느끼며 김도윤을 쳐다보다가 간신히 입을 열었다.

"그런 거 아니거든. 나는 그냥…… 도와주고 싶어서 그런 거야."

하지현의 한쪽 눈에서 눈물이 흘러내렸다. 하지현은 소매로 눈물을 한 번 쓱 닦아 내고는 홀로 터벅터벅 집 쪽으로 걸어갔다. 김도윤은 그 뒷모습을 마냥 바라볼 뿐이었다.

김도윤은 집으로 돌아왔다. 한때 그는 하지현과 같은 아파트 단지에 살았지만, 부모가 종말론 컬트에 빠진 후로 상황이 바뀌었다. 어머니가 구치소에 들어가고 아버지가 사내 변호사 일을 관두면서 아파트 대출 이자를 도저히 갚을 수 없게 되었고, 김도윤과 아버지는 근처 오피스텔로 이사를 왔다.

방은 하나뿐이었지만, 생각보다 불편하지는 않았다. 김도윤의 아버지는 여전히 종말론자 동지들을 돕겠다고 전국 곳곳을 쏘다니고 있었으므로, 집에는 거의 김도윤 혼자 있었다.

생활의 불편함보다 더 문제가 되는 것은 부끄러움이었다. 김도윤은 집에 들어올 때마다 부끄러워 미칠 것 같았다. 그놈의 소행성만 아니었다면 평범한 중산층 가정에서 잘 살아갈 수 있었다. 하지만 학교에서 그는 그저 정신 나간 컬트를 믿던 또라이일 뿐이었다.

학생들은 놀라울 정도로 순수하게 잔인했다. 마치 원래 아무 사이도 아니었던 것처럼, 김도윤을 모든 관계에서 배제해 버린 것이다. 중산층이라는 배경을 공유하는 학생들 사이에서 이제 김도윤은 결맞지 않았다. 누구와도 어울릴 수 없는 아이가 되었다.

교사들도 비슷했다. 몇몇 교사들은 김도윤에게 동정적이었고 몇몇은 김도윤을 무시했다. 김도윤은 그 어느 쪽도 싫었다.

살아남기 위해서라도, 그는 거칠어져야만 했다. 그래서 하지현에게도 무뚝뚝할 수밖에 없었다. 다만 비록 하지현이 자신에게 얼마나 큰 공을 들이고 있는지는 잘 몰랐지만, 하지현이 자신을 좋아한다는 사실은 잘 알고 있었다. 하지현 스스로는 잘 숨기고 있다고 생각하겠지만 그가 또래를 대하는 방식은 지나치게 미숙했으며, 감정은 너무나 강렬했다. 그래서 하지현이 함수의 극한을 설명할 때조차 김도윤은 그 애의 목소리와 표정에서 간절한 애착을 느낄 수 있었다.

문제는 김도윤도 하지현을 귀엽다고 생각한다는 것이었다. 김도윤은 이전에 여자애와 사귀어 본 적이 있다. 사춘기의 연애가 으레 그렇듯 100일도 만나지 못하고 헤어졌지만. 그 짧은 시간 동안에도 김도윤은 연애라는 게 생각보다 즐겁지 않다고 생각했었다. 그런데도 하지현은 귀여웠다. 하지현의 감정적 미숙함과 제게 쩔쩔매는 자세가 툭하면 떠올랐다. 김도윤은 자신의 감정을 하지현보다 더 분명하게 인지하고 있었다.

그러나 김도윤은 두려웠다. 자신을 호의적으로 대하던 친구들에게 고통을 털어놓았을 때, 곧바로 소문이 퍼졌던 기억을 도저히 잊을 수 없었다.

그리고 하지현이 자신을 동정하고 있지 않을까 무서웠다. 그는 누군가가 자신을 동정해서 제게 애착을 붙이는 것이 너무나도 견디기 힘들었다. 동정을 받을 때마다, 자신의 삶이 연민을 가질 정도로 비참하게 추락했다는 사실을 되새기게 되었다. 만약 하지현이 자신을 동정심으로 좋아하고 있다면 정말 끔찍한 기분을 느끼게 될 게 분명했다.

김도윤은 씻은 후 침대에 드러누워 TV를 켰다. 그러고는 어떻게든 분위기를 끌어올리려는 연예인들이 잔뜩 나오는 공중파 예능 방송을 무심하게 바라보았다. 그런데 갑자기 화면이 뉴스 속보로 바뀌었다. 카이로스 프로젝트가 마침내 그 절정에 다다랐다는 내용이었다.

앵커는 소행성이 이제 지구에 거의 근접했으며, '사냥꾼'은 미사일을 발사할 준비를 마쳤다고 말했다. 카이로스 프로젝트의 기술자들은 시뮬레이션 결과 미사일을 적당히 발사하면 소행성이 지구에서 달까지의 거리보다 살짝 가깝게 지구를 비껴 나가 영원히 저 우주 너머로 사라질 거라고 자신했다.

그런데 교육부에게 생각지도 못한 문제가 생겼다. 바로 '사냥꾼'이 미사일을 발사하는 그 시점이 9월 모의고사가 치러지는 날과 겹친다는 것이었다. '사냥꾼'은 오전 아홉 시부터 오후 아홉 시까지 삼십 분에 한 번씩 미사일을 발사할 예정이었다.

물론 미사일 소리가 영어 듣기를 방해한다는 건 아니었다. 하지만 오전 아홉 시부터 오후 한 시까지, 소행성이 수소 폭탄을 맞는 모습은 분명히 관측할 수 있을 것이다. 학생들이 시험에 집중할 수 있을 리가 없었다.

지금까지 한국 정부가 소행성을 대하는 전략은 명확했다. 소행성이 다가오고 있다는 사실을 무시하고, 카이로스 프로젝트가 반드시 성공한다는 전제하에 모든 일상을 이어 가는 것이었다. 꽤 합리적인 전술이었다. 어차피 프로젝트에는 중간이 없다. 프로젝트가 실패하면 한국이라는 개념도 지구와 함께 부서져 사라질 테니까.

그러나 카이로스 프로젝트의 세부 일정이 국가적인 일정과 겹치는 것은 문제였다. 6월 모의고사, 9월 모의고사와 수능은 한국인들에게 너무나 신성한 것이라 날짜를 바꾸기가 쉽지 않았다.

어떤 사람들은 지진 때문에 수능을 미룬 적도 있다는 사실을 지적했다. 그렇지만 카이로스 프로젝트는 지진과는 또 달랐다. 다른 사람들에게는 하늘이 몇 번 깜빡이는 것과 크게 다르지 않다. 하지만 수험생들이 느낄 공포감은 크다. 기술자들이 반드시 성공한다고 했음에도, 아이들은 어른들이 복권을 살 때 자신이 일등에 당첨될 거라는 허황된 상상을 하는 것처럼 어쩌면 세상이 망할지도 모른다고 생각하고 있었다. 그런 공포감 속에서 제대로 시험을 치를 수 있을까?

그러나 동시에 모의고사는 수능이 아니다. 어디까지나 '모의' 평가일 뿐이다. 학생들의 공포감까지 감안하여 일정을 바꾸는 게 맞을까? 오히려 혼란만 가중하지 않을까?

하지현은 울면서 집에 들어왔다. 그의 아버지는 거실 소파에 앉아 자기 계발서를 읽고 있었고, 어머니는 소파 밑단에 등을 기댄 채로 TV를 보고 있었다. 하지현이 훌쩍이는 소리를 들은 두 사람은 깜짝 놀라 그를 쳐다보았다. 하지현의 어머니가 물었다.

"지현아, 무슨 일 있었니?"

하지현은 고개를 저었다.

"그럼 왜 우는 거야?"

어머니가 걱정스럽다는 표정으로 다시 물었다.

하지현은 멍하니 선 채 자신을 걱정에 가득 찬 눈으로 보고 있는 부모님을 바라보았다. 언제나 자신을 지지하고, 자신의 좋은 미래를 위해서라면 뭐든지 해 주는 사람들을.

하지현은 한숨을 푹 쉬고는 이야기를 시작했다. 자신이 그동안 김도윤을 좋아하고 있었다고. 그래서 최선을 다해서 김도윤을 도왔다고. 하지만 김도윤은 제가 그저 생기부 때문에 그 애를 돕는 거라고 생각한다고. 김도윤이 좋은데, 친구가 될 수 있을 거라고 믿었는데, 그 모든 게 배신당한 것 같아서 눈물이 난다고.

그러자 어머니가 하지현에게 다가와 말했다.

"엄마가 미안하다."

"엄마가 뭐가 미안한데……."

하지현은 어머니의 품에 안겼다. 그의 머리카락을 쓰다듬으면서, 하지현의 어머니는 말을 이었다.

"괜히 이상한 애랑 엮이게 해서 미안해. 네가 너무 착해서 미친 놈한테 휘둘린 거지, 잘못한 건 하나도 없어. 대학 가면 그런 애들 없을 테니까 신경 쓰지 마."

어머니의 품속에서 하지현이 물었다.

"……그런 애?"

하지현의 어머니는 딸을 품어 주면서 누구도 부정할 수 없을 만큼 사랑에 가득 찬 목소리로 말했다.

"그래, 지현아. 걔는 부모부터 미쳤잖아. 콩 심은 데 콩 나는 법인데 그런 부모한테서 난 애가 정상이겠니. 내가 처음부터 생각을 좀 더 하고 물어봤어야 했는데. 미안하다. 이제 개 생각은 그만 두자. 그깟 미친놈쯤 생기부에 안 써도 너는 충분히 서울대 가지 않니."

하지현은 어머니가 한 말을 입속으로 되뇌었다. 콩 심은 데 콩 난다. 그리고 김도윤을 생각했다. 김도윤은 미친 사람인 걸까?

바로 그때, TV에서 속보가 흘러나오기 시작했다. 하지현의 어머니는 TV를 보더니, 그 속보가 9월 모의고사와 카이로스 프로젝트에 관련한 정보라는 것을 알자 곧바로 몸을 돌렸다. 그러고는 다시 소파 밑에 앉아 TV에 집중하기 시작했다.

방금까지 어머니의 품속에 있었던 하지현은 그 홀린 듯한 눈을 바라보다가, 자기 방으로 들어가 문을 닫았다.

하지현은 다시 일상으로 돌아갔다. 공부와 성적으로 인정받는, 전교 일등이자 외톨이의 삶으로.

며칠 동안은 불꽃으로 된 손이 심장을 쥐어짜는 것 같은 고통을 느꼈다. 처음 겪은 실연이었으니까. 결코 일상으로 돌아갈 수 없고, 현실은 눈물로만 가득 차 있는 것 같았다.

하지만 하지현은 곧 능숙하게 고통에서 벗어날 수 있었다. 외로움에 크게 신경 쓰지 않는 성정과 여전히 굳건한 어른들의 인정 덕분이었다. 비록 김도윤이 그에게 못되게 굴었지만 하지현은 모범생이었고, 부모는 항상 하던 방식대로 하지현을 사랑했다. 그리고 9월 모의고사와 수능이 얼마 남지 않은 상황이라 누구도 하지현을 실망시키려 하지 않았다.

고통에서 풀려나긴 했지만, 하지현은 계속 몇몇 의문에 붙잡혀 있었다. 그는 김도윤이 처한 상황을 막연하게만 알고 있었다. 부모가 이상한 종말론 컬트에 빠져서 가정이 파탄 났다고. 하지만 왜 자신과의 만남을 서로가 서로를 이용하는 관계일 뿐이라고 말했을까? 굳이 그렇게 잔혹할 필요가 있었을까?

하지현은 시에 나타난 화자의 의도를 궁리하면서, 복잡한 미분 문제를 풀면서, 행동 경제학 논문에서 발췌된 영어 지문을 해석하면서, 유전자의 교차율을 통해 그 유전자가 어떤 염색체에 있을지 생각하면서, 타원 궤도로 항성을 도는 행성의 공전 주기를 계산하면서, 고려의 정치 제도를 제대로 외웠는지 확인하면서, 문장에 알맞은 독일어 관사를 찾으면서 문득 김도윤을 떠올리고 몇 분간 멍해지고는 했다.

똑똑한 하지현이었지만, 김도윤의 상황을 제대로 상상하는 건 불가능했다. 하지현은 파탄 난 가정에서 부모와 자식이 어떻게 상호 작용을 하는지, 그로 인해 자식이 다른 사람들을 어떻게 대하게 되는지 몰랐다. 그것은 하지현이 구축해 온 경험적 세계관의 바깥에 있었다. 그래서 당연히 김도윤이 자신을 좋아한다는 사실도 가늠하지 못했다. 하지현은 궁금했다. 왜? 대체 왜?

9월 모의고사 전날, 혹은 세계의 운명이 정해지기 전날 밤이었다. 김도윤은 침대에 누워 창밖을 바라보고 있었다. 마치 유성처럼 천구의 막막한 어둠을 가로지르는 '사냥꾼'이 보였다.

　그것을 눈으로 따라가면서, 김도윤은 하지현을 생각하고 있었다. 하지현의 세계관으로 김도윤을 설명할 수는 없지만, 김도윤의 세계관으로는 하지현을 설명할 수 있다. 소행성이 지구로 다가온다는 게 세상에 알려지기 전까지 김도윤의 세계는 하지현의 세계와 비슷했으니까. 김도윤도 하지현과 비슷한 삶을 욕망했고, 찬란한 미래를 꿈꿨다.

　하지만 이제 그 세상은 김도윤의 것이 아니다. 적어도 김도윤은 그렇게 믿었다. 그는 하지현이 살아갈 빛나는 세상을 생각했다. 그 세상에 자신의 자리는 없을 터였다. 그 사실을 알고 있는데도, 하지현이 보고 싶었다. 자신을 위해 열심히 자료를 준비해 오고, 자기 앞에서 들뜸을 숨기지 못하던 그 귀여운 모습이 다시 보고 싶었다.

　김도윤은 휴대폰을 꺼냈다. 그리고 충동적으로, 하지현에게 전화를 걸었다.

　그는 통화 연결음이 들리는 몇 초 동안 고민했다. 내일 시험인데 걔가 내 전화를 받을 리가. 그냥 끊어야지. 김도윤은 손가락을 통화 종료 버튼 쪽으로 가져갔다.

　"여보세요."

그때, 감정을 억누른 하지현의 목소리가 들렸다.

저질러 버렸어.

김도윤은 아무 말도 하지 않았다. 하지현이 물었다.

"웬일로 전화했어?"

"……아니, 그냥, 저번에 미안했다고."

"아, 괜찮아. 그럴 수도 있지."

그리고 다시 침묵. 하지만 둘 중 누구도 전화를 끊지 않았다. 김도윤은 머릿속에서 온갖 생각이 너무 빨리 떠돌아서 터져 버릴 것만 같았다. 결국 먼저 정적을 깼다.

"내 이야기, 동정하지 않고 들어줄 수 있어?"

"응."

김도윤은 숨을 한 번 가다듬고 이야기하기 시작했다.

"알고 있지? 내가 컬트에 있었던 거. 우리 엄마는 감옥 갔고, 아빠는 전국 돌아다니고."

"응, 들었어."

"있잖아, 나는 그게 진짜 같았어. 정말로 세상이 망할 것 같았어. 너무 이상하지? 어른들이 그런다고 말도 안 되는 말 믿고 따라가고. 너도 나보고 이상한 종말론 믿는 거 아니냐고 했고……."

하지현이 침착하게 답했다.

"그건 내가 잘못 말했어. 이상하지 않아. 나도 삼 년 전에는 무서웠어. 이제는 어른들이 그래도 세상을 계속 돌아가게 할 거라

고 믿는 거고. 잘 해내겠지. 똑똑한 사람들이니까.'

"그래…… 그래! 그게 바로 어른스러운 거라고. 그런데 나는 사실 아직도, 아직도 잘 모르겠어. 적어도, 확실히 내 세상은 무너졌어. 망해 없어졌다고."

하지현은 아무 말도 하지 않았다.

가슴속에서 무언가가 치밀어 오르는 것을 느낀 김도윤은 가득 차 있는 응어리를 토해 내기라도 하는 듯 말했다.

"있잖아, 나도, 나도 네가 속한 세상에 다시 들어가고 싶어. 이상한 사람이고 싶지 않아. 무너진 세상에서, 다시 돌아가고 싶어……. 그런데 안 될 것 같아. 인생이 너무 끝장나 버렸으니까. 이제 안전한 세상 같은 건 나한테 없는 거야. 난 평생 이상한 사람으로 살아갈 수밖에 없는 거야."

"도윤아, 나는 너를 이상한 사람이라고 생각하지 않아."

"아냐, 그럴 수 없을 것 같아……. 불가능해. 나는 그냥…… 그냥, 미안하다, 내가."

"대체 뭐가 미안하다는 거니?"

김도윤은 한숨을 푹 내쉬면서 말했다.

"그냥, 나 이상한 거 알고도 잘해 주는데 나쁘게 굴어서 미안하다고. 하지만 어쩔 수 없었어. 나는…….."

"……"

"이상한 소리 해서 미안해. 내일 시험 잘 쳐."

"내일 세상이 망할 수도 있다는데……."

김도윤은 하지현이 말을 끝내기 전에 전화를 끊었다. 곧바로 휴대폰을 내던지고, 베개에 얼굴을 파묻었다. 벨 소리가 울렸지만 무시했다. 휴대폰은 일 분 정도 울린 다음 조용해졌다.

소행성은 이제 눈이 좋은 사람이라면 맨눈으로 관측할 수 있을 정도로 가까워졌고, 세상은 평온했다. 하지현은 아침 여섯 시 삼십 분에 어머니의 밥 먹으라는 소리를 듣고 일어났다. 그 목소리에는 오늘 세상이 멸망할 수도 있다는 불안 같은 건 전혀 느껴지지 않았다.

부스스한 머리를 한 채, 하지현은 식탁 앞에 앉아 달걀말이 한 조각을 세 토막으로 잘라서 깨작댔다. 그 모습을 보고 있던 그의 어머니가 말했다.

"잘 먹어 둬."

하지현은 어머니를 아무 말 없이 바라보았다.

"9월 모의고사가 얼마나 중요한지 알지? 오늘을 수능처럼 생각해. 수능 날 밥도 이거랑 똑같이 해 줄 거야. 너 달걀 좋아하잖아."

그러자 하지현이 고개를 숙이고는, 달걀말이 한 조각을 먹은 다음 말했다.

"수능 안 칠 수도 있잖아."

"그게 무슨 소리니?"

"……아니, 오늘 잘 안 되면…… 수능이고 뭐고 없는 거잖아."

"아이고, 또 이상한 소리 한다. 그럴 일 없어. 엄마가 살면서 세상이 망한단 소리 몇 번이나 들었는지 아니? 근데 다 아무 일 없이 지나갔어. 원래 사람들 호들갑이란 게 그런 거야."

그 호들갑이 이번에는 진짜라면, 난 여기서 끝나잖아. 수능만 준비하다가.

하지현은 그 말만큼은 하지 않았다.

하지현이 집을 나설 때, 하지현의 어머니는 세상의 멸망 같은 이야기는 꺼내지 않았다. 그저 시험 잘 치라고 응원했을 뿐이었다. 하지현은 웃음으로 답했다.

하지현은 언제나처럼 버스 정류장에서 버스를 탔다. 버스 안에서는 버릇처럼 영어 단어들을 속으로 읊었다. 몇 정류장을 간 다음, 다른 학생들과 함께 버스에서 내렸다. 몇몇 학생들이 이상한 눈길로 쳐다보았지만 신경 쓰지 않았다.

학생들 틈에서, 하지현은 오묘한 긴장감이 거리에 내려앉아 있음을 느꼈다. 그는 궁금했다. 이 긴장감은 모의고사 때문일까? 아니면 지구가 멸망할 수도 있다는 작은 가능성 때문일까?

학교로 걸어가면서 하지현은 김도윤을 생각했다. 김도윤은 자신의 세계를 부정하고 하지현의 세계를 동경하고 있었다. 어제 그 이야기를 듣고 나서야 김도윤이 동정받는 것을 그토록 싫어하는 이유를 깨달을 수 있었다.

자신은 과연 김도윤을 동정하지 않았을까? 자신 있게 그러지 않았노라고 말하기 힘들었다. 아니, 동정했다. 사실이었다. 그리고 자신의 빛나는 미래로 김도윤을 끌어가고 싶었다. 좋은 대학과 좋은 직업과 중산층의 희망이 있는 세상으로. 그렇게 김도윤을 수렁에서 꺼내 주면 김도윤도 자신을 좋아하리라고 믿었다. 그것은 일종의 시혜적인 사랑이었다.

문득 하지현은 자기가 살고 있는, 자신의 부모가 사랑하는 이 세상이 놀라울 정도로 우스꽝스럽다고 생각했다. 말 그대로 모든 것이 끝날 수 있는데도, 당장 오늘 관악산에 있는 서울대 캠퍼스가 완전히 녹아내릴 수 있는데도, 모두가 그곳에 하지현이 있는 미래를 꿈꾸고 있었다.

하지현은 학교 앞에 멈춰섰다. 그리고 팔짱을 낀 채로, 계속 생각하면서 누군가를 기다렸다.

김도윤은 패잔병처럼 학교로 걸어가고 있었다. 그는 왜 자신이 시험을 치러 가는지 스스로도 이해할 수 없었다. 하지현의 도움을 받아 6월 모의고사에서 꽤 놀라운 진전을 보였지만, 그렇다고 학교에서의 제 지위가 달라지지는 않았다. 그러니 자기가 학교에 안 가도 모두가 그러려니 할 것이다. 특히 오늘 같은 날은 말이다. 이전의 김도윤이었다면 그 기대를 어기지 않았을 것이다.

그러나 왠지 오늘은 시험을 쳐야만 할 것 같았다. 아마 김도윤에게 있어 9월 모의고사가 곧 하지현의 세계를 상징하기 때문이 아닐까. 물론 시험을 친다고 김도윤이 하지현의 세계로 들어갈 수 있는 것은 아니다. 하지만 김도윤은 그 세계로 들어가는 의식을, 최소한 치러 보고는 싶었다. 실패하더라도.

김도윤과 하지현은 학교 앞에서 마주쳤다.

학생들 사이에서 하지현은 눈에 확 띄었다. 다른 학교 교복을 입고 서 있었기 때문이다. 둘의 학교는 5킬로미터 정도 떨어져 있다. 김도윤은 제 눈을 의심한다는 진부한 관용구대로 행동했다. 당황해서 하지현에게 달려가 무작정 질문부터 던진 것이다.

"너, 여기서 뭐 해?"

하지현은 김도윤을 빤히 바라보았다. 김도윤의 얼굴은 마치 잘 익은 토마토처럼 빨개서 콕 찌르면 단번에 펑 하고 터져 버릴 것만 같았다. 하지현은 숨을 몰아쉬며 아침에 어머니와 나눈 대화를 다시 한번 떠올렸다. 사람들 호들갑이란 건 다 그런 거라고? 하지만 그 호들갑이 이번에는 진짜라면, 난 여기서 끝나. 수능만 준비하다가.

하지현은 오른손을 내밀어 김도윤의 손을 꼭 붙잡았다. 그리고 그대로 학교 반대쪽을 향해 걸어갔다. 하지현보다 20킬로그램은 무거운 김도윤은 하지현이 이끄는 대로 질질 끌려갔다. 학생들이 둘을 쳐다보았다. 그 시선을 더 신경 쓰고 있는 쪽은 다름 아닌 김도윤이었다.

하지현이 달리기 시작했다. 김도윤은 계속 끌려갔다. 그러나 거부하지는 않았다.

하지현은 아무 설명도 하지 않았다. 사실은, 그야말로 머리가 터질 것 같았다. 하지만 동시에 지금까지 삶에서 단 한 번도 느끼지 못했던 거대한 해방감을 느끼고 있었다.

둘은 공실률이 80퍼센트에 육박하는 한 상가 건물 옥상에 올라갔다. 허술하게 관리되는지 옥상 문은 잠겨 있지 않았다. 하지현은 주변을 둘러보며 시야가 괜찮다는 것을 확인한 다음, 위험하지 않은 난간을 골라 앉았다. 그러고는 숨을 몰아쉬면서 하늘을 바라보았다. 선선한 가을바람이 관자놀이의 땀을 시원하게 식혀주었다. 생경한 상쾌함을 느끼며 이마의 땀을 소매로 닦았다.

그 모습을 가만히 보고 있던 김도윤이 다그쳤다.

"……너 시험 안 칠 거야?"

하지현은 아무렇지도 않게 질문과 전혀 관계없는 말로 답했다.

"이 시간에 학교 밖에 있으니까 이상하다. 뭔가 무지 잘못하고 있는 듯한 느낌?"

김도윤은 상황을 이해할 수가 없어 다시 한번 물었다.

"아니…… 너 진짜 왜 이러는 거야?"

"네가 이상한 만큼 나도 이상하니까?"

"응?"

김도윤이 살짝 인상을 찌푸렸다. 하지현은 그 반응에 아랑곳하지 않고 고개를 들어 하늘을 보면서 말했다.

"……봐."

김도윤도 하지현을 따라 하늘을 바라보았다. 날씨는 놀라울 정도로 쾌청했고 하늘은 청명했다. 강렬한 햇빛에도 불구하고 빠르게 이동하는 '사냥꾼'과 마치 점 같은 소행성이 또렷하게 보였다. 하지현이 흥분에 찬 듯 헐떡이며 말했다.

"내가 사는 세상도…… 이상한 것 같아."

"지현아, 모의고사는 너한테 엄청 중요한 거잖아."

그러자 하지현은 더 흥분하며 일어서서 말을 이었다.

"그래, 중요해. 그런데…… 그런데……."

하지현은 몇 번 말을 더듬었다가, 소리 지르듯 말했다.

"계속 생각해 봤어. 너, 내 세상에 들어오고 싶다고 했지? 하지만 내 세상이 네 세상보다 더 나은 건 아니거든. 지금도 그래. 세계가 당장 망할 수도 있는데, 진짜도 아닌 시험을 치래. 이게 말이 되냐고! 우리 세상은 둘 다 이상해. 나는 네 세상도 보고 싶어."

"내 세상이 왜 보고 싶은데?"

질문을 던지고, 김도윤은 생각했다. 자신의 세상은 언제나 숨겨야만 하는 것이었다. 그러니 누구도 제 세상을 좋아하지 않을 거라고 확신하고 있었다. 하지만 지금, 하지현은 당당히 선언했다. 그의 세상을 보고 싶다고. 그것은 김도윤이 생각해 본 적 없는 호의였다. 과연 이런 걸 보여 줘도 되는 걸까? 실망하지 않을까? 의문스러웠다.

하지현이 어이없다는 듯 되물었다.

"정말 왜 그런지 모르겠어?"

"……."

김도윤은 고개를 끄덕였다. 하지현의 얼굴이 시뻘겋게 변하기 시작했다. 김도윤의 눈길을 피하던 그는 금붕어처럼 몇 번 뻐끔대다가, 눈을 질끈 감고는 억지를 쓰듯이 소리 질렀다.

"난 너 좋아하니까! 중학생 때도 좋아했고, 지금도 아직 그런 거 같으니까! 아, 내가 무슨 말을 하는 거지? 아, 그런데, 나는, 모르겠어……."

증기 기관처럼 김을 뿜으면서, 하지현은 크게 확장된 김도윤의 동공에 떠오른 자신의 상을 보았다. 말할 수 없을 정도로 부끄럽고 불안했지만, 이것이 부모의 기대를 철저히 배반하는 일이란 걸 알고 있었지만, 동시에……

그는 자유를 느끼고 있었다.

김도윤이 하지현의 세상에 균열을 냈다. 그러나 그 균열은 단지 상처만은 아니었다. 자유가 파고들어 자라날 공간이었다. 하지현은 그 기분 좋은 느낌을 김도윤에게 돌려주고 싶었다. 김도윤의 세상에 뿌리박힌 고통과 침묵에 균열을 내고 싶었다. 그래서 속으로 말했다. 너도 나와 똑같은 기분을 느꼈으면 좋겠다고.

김도윤은 놀라움을 감추지 못한 채 하지현을 바라보았다. 지금까지 김도윤의 마음은 가시로 둘러싸여 있었다. 하지만 방금, 그는 어떤 확신을 느꼈다. 하지현에게는 그 가시를 드러내지 않아도 될 것 같다는 분명한 안정감이 그를 둘러쌌다. 그래서, 기어들어 가는 목소리로 대답했다.

"……나도."

로맨틱한 대답은 아니었지만, 하지현이 기대하던 대답이었다. 하지현은 방긋 웃었다. 김도윤이 하지현에게 손을 뻗었다. 둘은 손을 맞잡았다. 김도윤은 더듬으면서 말했다.

"이제, 이제 어떻게 할 거야?"

"여기서 세상이 불타나 안 불타나 보고, 정오까지 괜찮아 보이면 같이 영화나 보러 갈까."

"영화 좋아하는 줄 몰랐는데……."

"엄청 좋아하지."

하지현은, 이번에는 솔직하지 않았다. 사실은 데이트를 한 번도 해 본 적이 없어서 왠지 데이트 때 해야 할 것 같은 일을 찍었을 뿐이다. 하지만 같이 영화를 보는 것부터 시작해도 나쁘지 않을 것 같았다. 순간, 머릿속에 장난스러운 생각이 떠올랐다. 이제 죽더라도 모태 솔로로 죽는 건 아니겠구나.

그동안 김도윤은 다른 생각을 하고 있었다. 어제까지는 세상이 망해서 없어져도 괜찮겠다고 생각했는데 이젠 전혀 괜찮을 거 같지 않다고. 하지현과 함께하는 시간이 좀 더 길어진다면 정말로, 정말로 좋을 것 같다고. 그는 진실로 간절히 세계가 멸망하지 않기를, 모두가 구원되기를 기도했다.

  이렇게 둘은 서로 전혀 다른 생각을 하고 있었지만, 마음만큼은 통한 채였다.

  하지현은 얼굴에 미소를 가득 띤 채로 하늘을 바라보았다. 김도윤도 따라서 고개를 위로 들었다. 둘은 청명한 하늘 아래서 기쁘게 종말을 기다리며 손으로 전해져 오는 서로의 체온을 느꼈다.

작가의 말

프랜시스 후쿠야마라는 학자가 "역사는 종말을 맞았다"라고 말한 적이 있습니다. 소련이 망하고 냉전이 끝나면서 자유주의와 민주주의 체제가 결정적으로 승리를 거뒀으니, 사회 제도의 발전으로 역사는 사실상 끝났다는 뜻입니다.

저는 이십 대 때(그러니까 2010~2020년 초반에) 이 말이 실로 그러하다고 믿었습니다. 작은 소란이 일어날지언정 세상은 이미 안정되어서, 앞으로 역사책에 나올 정도의 격변은 일어나지 않을 거라고 생각했지요.

그런데 정말로 그런가요? 저는 요즘 의심스럽습니다. 엄청난 속도의 기술 발전과 함께 세상이 매우 급격하게 변화하고 있는 것처럼 느껴집니다. 미국은 다시 한번 패권 경쟁에 돌입했고, 민주주의는 새로운 방식으로 음해당하고 있으며, 자유주의는 여전히 공격받고 있습니다.

저는 이십 년 뒤의 세상이 지금과는 매우 다른 모습일 것이라고 생각합니다. 좋은 쪽으로든, 나쁜 쪽으로든 말이에요.

아무래도 어른들은 "과거에 그랬듯이, 계속 살아가다 보면 세상은 안정될 거야"라고 청소년들에게 이야기하고, 또 약속할 수밖에 없지요. 하지만 그것은 지켜지기 쉽지 않은 약속입니다. 어쨌든 세계는 바뀌고, 옛날에 숭상했던 가치가 미래에도 숭상되지는 않을 것이니까요. 그런 이야기를 써 보고 싶었습니다.

이에 대해 여러분은 어떻게 생각하시는지 궁금하군요. 우선, 이 글을 읽는 과정 자체가 즐거우셨기를 바라며.

사계 없는 아이들

조규미

조규미

재미와 의미가 담긴 글을 쓰려고 애쓰고 있다. 청소년 소설 『가면생활자』, 『첫사랑 라이브』, 『페어링』, 『너의 유니버스』, 『올랑즈 클럽』과 동화 『고백 타이머』, 『기억을 지워 주는 문방구』, 『9.0의 비밀』 등을 썼다.

    9월 모의고사 날, 3학년 7반 담임 선생님은 교실에 들어서는 순간 무언가 이상하다는 생각이 들었다.
    '뭐지?'
    교실을 둘러보던 선생님의 시선이 복도 쪽 창문과 창문 사이에 있는 벽에 멈췄다. 거기에는 오랫동안 물건을 걸어 둔 흔적이 남아 있었다. 둥근 벽시계 자국이었다.
    "시계 어디 갔니?"
    몇몇 아이들이 시계가 있던 자리를 쳐다봤다. 나머지 아이들은 신경 쓰고 싶지 않다는 듯 보던 문제집에서 고개를 들지 않았다.
    "없어졌어요!"
    뒤쪽 자리의 누군가가 소리쳤다. 선생님은 다시 교실을 둘러보며 생각했다.

'어떻게 된 거지? 누가 장난으로 숨겨 놓은 건가?'

9월 모의고사는 다음 주부터 시작되는 수시 상담에서 중요한 자료로 쓰일 시험이다. 그래서 아이들 대부분이 바짝 긴장한 얼굴로 앉아 있었고, 팽팽한 교실 분위기는 숨쉬기도 조심스러울 정도였다. 이런 상황에서 장난으로 시계를 숨긴다는 것은 상상하기 어려웠다. 그렇다고 도난 같지도 않았다.

선생님은 아이들이 공부하는 데 방해되지 않도록 사물함 위와 책장 등 시계가 있을 만한 곳을 조심스럽게 살펴보았다. 하지만 시계는 보이지 않았다. 교사 생활 십구 년 동안 모의고사 날 학급 시계가 사라졌다는 이야기는 들어 본 적이 없다.

곧 선생님은 어제 아이들에게 수능 시계를 챙겨 오라고 신신당부했던 것이 떠올랐다. 수능 날에는 교실에서 시계를 치우기 때문에 미리 수능용 손목시계를 준비해야 한다.

"애들아, 수능 시계 다 챙겨 왔지?"

몇몇이 "네" 하고 대답하긴 했지만, 예상대로 대답이 시원치 않았다. 물론 모두 챙겨 오리라고 기대한 것은 아니었다. 그리고 수능 규정이 어떻든, 지금 당장 시계 없이 모의고사를 보라고 할 수는 없었다.

"안 가져온 사람?"

하나둘 손이 올라왔다. 세어 보니 준비하지 않은 아이가 전체 중 거의 반은 되었다.

"선생님, 시계 없이 시험을 어떻게 봐요?"

누군가가 묻자 시계를 가져오지 않은 아이들이 고개를 끄덕이며 걱정스러운 표정을 지었다. 선생님은 다시 한번 교실을 둘러본 후 복도로 나왔다. 급한 대로 교무실에 걸려 있던 시계를 가져와 교실 한쪽 벽에 걸었다. 몇몇 아이들이 시계를 확인한 후 안도하는 모습이 보였다.

그제야 선생님은 아이들에게 몇 가지 주의점을 말하고 시험 잘 보라는 응원까지 덧붙였다. 그리고 예비 종이 울리는 소리를 들은 후, 교실을 나오면서 속으로 중얼거렸다.

'대체 우리 반 시계는 어디로 간 거야?'

민수의 영역

민수는 선생님이 벽에 시계를 거는 걸 보며 가슴을 쓸어내렸다. 수능용 손목시계를 깜빡 잊고 안 가져왔기 때문이다.

선생님이 시계를 가지러 간 사이, 민수 뒤에 앉은 아이가 호들갑을 떨며 말했다.

"시계가 사라지다니! 시간이 멈춘 거 아니야? 그치, 얘들아? 시간이 멈춘 거지?"

그러자 옆에 앉은 아이가 푹 가라앉은 목소리로 말했다.

"난 시간이 건너뛰었으면 좋겠어, 수능 다음 날로."

아이들은 돌아가며 시시한 농담을 했다. 그렇게라도 긴장감을 쫓아내려는 것 같았다.

민수 역시 같은 마음이었다. 오늘이 9모라니. 고3이 된 지 얼마 안 된 것 같은데 벌써 한 학기가 지나가고 운명의 9모가 눈앞에 닥쳤다. 예전에는 미처 몰랐다. 이렇게 준비가 안 된 채로 9모를 맞이할 줄은. 3월의 뇌에 든 것과 9월의 뇌에 든 것이 이렇게 차이가 없을 줄은.

민수는 어제 푼 문제집을 꺼내 오답을 중심으로 훑기 시작했다. 하지만 어제 몰랐던 것은 오늘 다시 봐도 이해가 가지 않았다.

'아, 망했다.'

초조하게 책장을 넘기는데 예비 종이 울렸다. 담임 선생님은 시간 조절에 신경 쓰라는 당부를 한 번 더 하고 교실을 나갔다. 민수는 벽에 걸린 시계 쪽으로 눈을 돌렸다. 조금 전에 선생님이 걸어 놓은 시계인데도 아주 오래전부터 그곳에 있었던 것처럼 보였다. 민수는 자기도 모르게 고개를 갸웃거렸다.

'어? 선생님이 다른 시계를 가져오신 게 아니었나? 저건 원래 우리 반 시계 같은데? 하긴, 교실에 걸려 있는 시계가 다 그게 그거지.'

시선을 내리던 민수는 다시 고개를 들고 시계를 바라봤다.

'아니야. 우리 반 시계는 저 색깔이 아니야. 저런 나무색 테두리

가 아니라 하얀색 테두리…….'

불현듯 시계 테두리의 감촉이 민수의 손바닥에 느껴졌다. 그러고 보니 교실 시계를 만진 적이 있다. 보기보다 묵직했던 무게감과 켜켜이 앉은 먼지가 피부에 닿았을 때의 불쾌한 느낌이 되살아났다. 민수는 깔끔을 떠는 편이라 그 먼지가 아주 찝찝하게 느껴졌다.

'아, 그때…….'

기억이 떠오른 순간, 민수는 자신도 모르게 길게 한숨을 내쉬었다.

학기 초였다. 3월 모의고사 다음 날이어서 야간 자율 학습에 참여한 아이들이 적었다. 담임 선생님도 굳이 잔소리를 하지 않았다. 어느새 아이들이 하나둘 귀가하고, 오후 아홉 시가 넘었을 때는 민수와 몇몇 아이들만 남아 있었다.

남은 아이들에게는 이유가 있었다. 국어 선생님이 수행 보고서를 제출하면 생기부에 세특을 써 주겠다고 했기 때문이었다. 민수는 허전한 생기부를 위해 뭐라도 해야겠다 싶어 신청했고, 민수와 비슷한 생각을 했을 아이들과 한 조가 되었다.

"그냥 교실에서 이야기하자."

김예빈이 민수 옆자리에 앉으며 말했다. 원래는 복도 끝에 있는 수업 자료실에 모이려고 했는데, 신청하지 않은 아이들이 모두 하교한 뒤라 교실에서 해도 될 것 같았다. 그러자 엉거주춤 서 있던 이정연이 맞은편 의자에 앉았다.

창가 쪽 맨 앞자리의 송하늘은 아이들이 모여 앉은 걸 모르는 것 같았다. 그 애는 귀에 이어폰을 꽂고 휴대폰 게임을 하는 중이었다. 민수는 송하늘에게 다가가 어깨를 툭툭 건드렸다. 송하늘은 그제야 아이들이 자신을 기다리고 있다는 것을 알아챘다.

네 사람은 둘씩 마주 보고 앉았다. 예전 같으면 수행 준비를 한답시고 모여서는 엉뚱한 이야기로 시간을 다 보냈을 텐데, 고3이라 그런지 다들 진지한 얼굴이었다.

"언제까지 제출해야 하는 거야?"

"중간고사 전까지 내라고 하셨던 거 같아."

"그럼 오늘은 각자 분담할 부분 정하자."

수행 준비에 필요한 이야기를 얼추 마치자 화제는 자연스레 어제 본 3월 모의고사로 이어졌다.

"망했어. 정말 끔찍해."

이정연이 어깨를 축 늘어뜨리자 김예빈이 조그마한 목소리로 중얼거렸다.

"나만큼 망했을까?"

민수도 사정이 비슷했지만, 분위기가 너무 가라앉는 것 같아서 일부러 밝게 말했다.

"3월 모의랑 수능은 완전히 별개라잖아. 앞으로 올리면 되지."

"에휴, 그건 3월 성적에서 무조건 떨어진다는 말이지. 6모부터 재수생, 반수생도 합류하니까 수능까지 쭈욱……."

김예빈이 손가락으로 하강 곡선을 그리며 말했다. 맞는 말이다. 3월 모의고사 성적이 그나마 제일 낫다는 이야기도 많다.

민수가 한숨을 내쉬자 그걸 이어받듯이 이정연이 한숨을 내쉬었다. 질세라 송하늘과 김예빈까지 한숨을 쉬었다. 의도치 않게 한숨 릴레이를 한 아이들은 서로를 바라보며 푸하하 웃었다.

"지금 우리 한숨으로 합창한 거냐?"

넷은 일부러 "휴우우우, 휴우우우" 하고 소리를 내며 장난을 치기 시작했다.

"악, 그만! 침 튀어."

"내 얼굴에 튀었어! 가만 안 둬!"

한바탕 웃고 나니 절망 바이러스가 조금 옅어진 느낌이었다. 정연이 'D-230'이라고 쓰여 있는 칠판을 가리키며 물었다.

"너희는 230일 후에 제일 먼저 뭘 하고 싶어?"

"난 '디오스' 알바!"

예빈이 기다렸다는 듯이 대답했다. 조금 전까지도 모의고사 점수 걱정에 울상이더니 금세 밝은 표정이 되었다. 디오스는 근처 대학가에 있는 대형 보드게임 카페인데, 민수도 친구들이랑 가본 적이 있다. 그때는 별생각이 없었는데, 지금 생각해 보니 거기에서 일하는 스태프들이 꽤 멋졌던 것 같다.

"아는 언니가 거기서 알바해 봤는데, 힘은 들지만 재밌대. 손님들한테 게임 규칙 알려 주는 거랑 음식 서빙 위주라서 특별히 어려운 일도 없고. 그리고 솔직히 말하면…… 디오스 빨간색 캡에 명찰 다는 거 해 보고 싶어."

예빈이 머리에 캡 쓰는 시늉을 하며 말했다.

"거기 알바 경쟁률 세다고 하던데. 하지만 예빈이는 될 거야."

정연이 엄지를 치켜들자 기분이 좋아진 예빈이 웃었다.

"난 제주도 여행 갈 거야. 엄마가 수능 끝나면 보내 준다고 했거든. 아주 어렸을 때 가 보긴 했는데, 하나도 기억이 안 나. 이번에 가면 제대로 보고 오려고."

정연은 자신의 희망 사항을 말하며 배시시 웃었다. 그러자 예빈이 "아, 제주도!" 하며 입맛을 다셨다. 정연이 마치 제주도 바다가 앞에 보이기라도 하는 것처럼 허공을 향해 눈을 가늘게 뜨고 말을 이었다.

"바다가 보이는 카페에서 아무 생각 없이 앉아 있고 싶어. 하루 종일 바다 보면서 멍때리고, 구름 보면서 멍때리고. 물론 멋진 사진도 찍고. 삭제했던 SNS 계정도 다시 만들어서 여행 사진 올릴 거야."

아이들 이야기를 듣다 보니 민수도 입이 근질근질해졌다. 민수 역시 마음속으로 벼르고 있는 것이 있었다.

"난 아무것도 안 하고 계속 게임만 할 거야. 그러다가 배고프면

밥 먹고, 졸리면 자고, 눈 뜨면 또 게임하고. 그렇게 지낼 거야."

예빈이 뭔지 알겠다는 듯 고개를 끄덕였다.

"아아, 그런 쌜 많이 돌아다니잖아. 컴퓨터 주변에 컵라면, 과자, 탄산음료 잔뜩 쌓아 놓고 하루 종일 죽어라 게임만 하는 사람."

그러자 정연이 피식 웃으며 덧붙였다.

"떡 진 머리에 후줄근한 티셔츠 입고 눈은 게슴츠레 뜬 채 키보드 두드리는 모습, 왠지 너랑 어울려. 인증 사진 꼭 올려라."

시간을 건너뛴 미래의 이야기여서일까? 같은 반이 된 지 한 달도 안 된, 아직 서먹한 사이인데도 서로가 오랫동안 알고 지낸 것처럼 느껴졌다.

다들 자신의 수능 후 버킷 리스트를 말하는데 하늘만 조용히 낙서를 하고 있었다. 하늘은 그림을 잘 그리기도 유명했다. 하지만 아이들이 "넌 미대 안 가냐?"라고 물으면 고개를 저으며 돈이 안 돼서 안 간다고 했다. 그러면서 자기는 돈 많이 버는 게 꿈이라고 덧붙이곤 했다. 항상 삐딱하게 앉아서 왼손은 주머니에 넣고 오른손으로 낙서를 하는 것이 그 애의 시그니처 포즈다.

지금도 하늘의 공책은 낙서로 채워지고 있었다. 민수는 곁눈질로 하늘이 뭘 그리는지 슬쩍 보았다.

'어?'

그림을 본 순간 눈이 번쩍 뜨였다. 자신이 조금 전에 이야기한 미래가 하늘의 펜 끝에서 줄줄 나오고 있었기 때문이다. 게다가 가만히 들여다보니 디오스의 빨간색 유니폼을 입고 알바하는 예빈, 배낭을 메고 제주도 바닷가를 거니는 정연의 모습도 있었다. 놀라운 것은 어설픈 스케치가 아니라 아이들 각자의 특징이 생생하게 살아 있는 그림이라는 점이었다.

"와아."

민수가 감탄하자 다른 이야기를 하던 두 아이도 하늘의 공책으로 시선을 돌렸다.

"우앙, 이거 나야? 멋지다."

정연은 탄성을 질렀고, 예빈도 놀란 표정이었다.

"송하늘, 금손이네. 아니, 황금 손!"

민수의 칭찬에 신이 난 듯 하늘의 손이 더 빨리 움직였다. 그리고 그림 한 귀퉁이에 이렇게 써넣었다.

230일 후에는 알바, 게임, 여행.

"너는? 하늘이 너는 수능 끝나면 뭐 하고 싶어?"

정연이 묻자 하늘은 잠시 생각하더니 공책의 빈 부분에 무언가를 그리기 시작했다. 먼저 버스를 그렸고, 버스 차창 안쪽에 얼굴 하나를 그리면서 말했다.

"나는 47번 버스 타고 종점까지 가 볼 거야."

47번 버스라면 학교 정문 앞 정류장에 서는 유일한 버스다. 민수는 "뭐 그런 게 하고 싶어?"라고 핀잔을 주고 싶었지만 참았다. 그렇게 말하기엔 하늘의 그림은 버스마저도 멋졌다. 민수도 그 버스에 함께 타고 싶어질 정도였다.

"네 얼굴만 잘생기게 그리는 거 아냐?"

하늘의 손놀림을 유심히 보던 정연이 한마디 했다. 일부러 농담을 한 것이 분명했다. 차창 속 얼굴은 잘 보이지도 않았으니까. 그저 잘 그린다고 칭찬을 하고 싶어서 한 말 같았다.

"정말 이 버스 타고 학교 앞을 지나쳐 쭉 달려서 종점까지 가고 싶다."

민수가 중얼거렸다. 수업 끝나면 야자, 학원 끝나면 과외. 매일 그렇게 뺑뺑이를 돌다 보니 어딘가를 아무 이유 없이 가는 일은 상상할 수도 없다. 다들 그림 속 버스를 타고 먼 길 여행을 시작한 얼굴로 하늘의 펜 끝만 바라보았다.

갑자기 정연이 호들갑을 떨며 말했다.

"나 이거 줘라. 평생 간직할게."

민수도 가만히 있을 수 없었다.

"나를 제일 잘 그렸잖아. 그니까 내 거가 맞는 것 같다."

"뭔 소리? 내가 제일 멋지구만!"

두 사람이 티격태격하자 가만히 있던 예빈이 나섰다.

"이럴 게 아니라 공동 공간에 보관하자."

세 사람이 무슨 소린지 모르겠다는 표정으로 예빈을 쳐다보자,

예빈은 교실을 휘휘 둘러보며 말을 이었다.

"여기에 보관하자고."

하늘이 반문했다.

"설마, 교실?"

예빈이 고개를 끄덕이자 민수가 시큰둥한 표정으로 물었다.

"뒤에 있는 게시판에 걸기라도 하게?"

"아니지. 잘 숨겨 둬야지."

"교실에 이걸 숨겨 둘 곳이 있어? 당연히 눈에 띄지. 애들이 바로 찾아낼걸."

아이들은 고개를 갸웃하면서도 숨겨 둔다는 말에 흥미가 생긴 듯 교실을 두리번거리기 시작했다. 그럴 만한 곳이 있는지 찾는 게 분명했다.

다들 여기저기를 훑고 있는데 복도에서 발소리가 들렸다. 곧 복도로 난 창문이 벌컥 열리며 연구부장 선생님의 얼굴이 나타났다.

"너희 집에 안 가니?"

"갈 거예요!"

모두 일제히 가방을 챙기는 시늉을 했다. 연구부장 선생님의 발소리가 멀어지자 예빈이 선생님이 사라진 방향을 손가락으로 가리키며 말했다.

"저기다!"

그 애가 가리킨 것은 복도 쪽 창문 옆 벽에 걸려 있는 시계였다.

그날, 벽에 걸린 시계를 떼어 낸 사람은 민수였다. 까치발을 하지 않고도 시계에 손이 닿는 사람이 민수뿐이었기 때문이다.

민수는 오엠알 카드와 사인펜을 내려놓고 담임 선생님이 아침에 걸어 둔 시계를 올려다봤다. 시곗바늘이 1교시가 끝나는 시간을 가리키고 있었다. 민수가 허리를 곧게 펴는 동시에 시험 종료를 알리는 종소리가 울렸다. 아이들의 한숨 쉬는 소리가 여기저기서 들렸다. 민수 역시 조그맣게 숨을 내쉬며 생각했다.

'도대체 어디로 간 거야?'

예빈의 영역

예빈은 시간을 확인했다. 2교시 시험이 끝나려면 아직 이십삼 분이나 남았다. 예빈은 답안지 작성을 마친 후 엎드렸다. 피곤하기도 했고, 괜히 멀뚱히 앉아 있다가 감독 선생님과 눈이 마주치는 것도 겸연쩍었기 때문이다.

수학은 이번에도 14번부터 헤매기 시작해서 뒷부분은 거의 찍었다. 기도하는 심정으로 답을 찍는다고 하면 다들 비웃겠지만, 예빈의 입장에서는 농담이 아니었다. 정말로 심혈을 기울여 찍었으니까.

하지만 이번 모의고사도 수학 등급은 죽을 쑬 것이 뻔했다. 그렇다면 다른 과목이라도 잘 봐야 하는데, 1교시 국어도 잘 본 것 같지 않았다. 쉬는 시간에 찾아보니 아는 문제까지 틀렸다. 시간만 더 있었으면 충분히 맞힐 수 있는 문제였다. 수학 시험 때 펑펑 남는 시간을 국어에 갖다 쓸 수 있다면 얼마나 좋을까?

예빈도 오늘 손목시계를 준비하지 못했다. 그래서 등교 후 교실 시계가 없는 것을 보고 깜짝 놀랐다. 시계 없이 모의고사를 보는 것은 상상도 할 수 없는 일이었기 때문이다. 다행히 선생님이 시계를 구해 와서 겨우 한숨을 돌렸다. 하지만 그 순간, 무언가가 퍼뜩 떠올랐다.

'어? 그건 어떻게 됐지?'

시계 뒤에 붙여 놓은 그림도 함께 사라져 버린 것이다. 혹시 시계가 사라진 이유가 그림 때문일까? 어떻게 된 일인지 물어보려고 교실을 둘러보았지만, 민수는 고개를 숙인 채 책만 들여다보고 있었고 정연은 자리에 없었다. 정연은 예비 종이 울린 후에야 헐레벌떡 들어왔는데, 몸이 안 좋은지 얼굴색이 백지장처럼 하얗게 질려 있었다. 정연이 자리에 앉자마자 1교시 감독 선생님이 들어오셨다. 결국 아무것도 물어보지 못한 채 시험이 시작되었다.

예빈은 고개를 살짝 들고 한 번 더 시간을 확인했다. 끝나기까지는 아직 몇 분 정도 남아 있었다. 예빈은 저린 팔을 주무르면서 다시 책상 위에 엎드려 눈을 감았다.

'어떻게 된 걸까? 누가 가져간 걸까?'

감은 눈 너머로 그날의 기억이 재생되기 시작했다.

"요 밑에다 붙이면 안 보일 거 같지?"
민수가 시계 뒷면의 배터리 아래쪽을 가리키며 말했다. 하늘이 공책에서 그림이 그려진 페이지를 부욱 뜯자 그림 속의 네 사람이 펄럭거렸다.
"그냥 이대로 붙여?"
정연이 테이프를 들고 물었다. 그 말에 예빈은 책가방 앞주머니에 넣어 두었던 편지봉투가 생각났다. 크기가 작아서 시계 뒤에 충분히 숨겨질 것 같았다. 가방에서 봉투를 꺼내자 아이들이 반색을 했다.
"그림 옆에다 한마디씩 적자. 230일 후의 자신에게 하는 말."
"오오, 타임캡슐 같은 거네?"
"그렇지. 수능 끝나고 넷이 모여서 열어 보는 거야."
민수가 제일 먼저 게임 폐인 그림 옆에 적었다.

인생은 게임이야.

그걸 본 정연이 어이없다는 표정을 지었다. 그러고는 바닷가에 서 있는 자신의 모습 옆에 "수고했어, 정연아. 이제 자유를 즐겨!"라고 썼다. 하늘은 버스 창문 옆에 "Go!"라고만 썼다. 예빈은 뭐라고 쓸까 고민하다가 빨간색 디오스 캡을 쓰고 있는 자신의 얼굴 옆에 말풍선을 만들어 몇 마디 써넣었다.

김예빈! 너의 열아홉 살은 멋졌어. 앞으로도 계속 멋지게 살자.

솔직히 예빈은 열아홉 살을 멋지게 보낼 자신이 없었다. 하지만 그렇게 쓰고 싶었다. 수능을 마치고 열아홉 살이 끝날 무렵, 그런 마음이기를 바랐다.

예빈은 종이를 조심스럽게 접어 편지봉투에 넣은 후 시계 뒤에 테이프로 단단히 고정했다. 그러고는 시계를 민수에게 건넸다. 민수가 시계를 벽에 걸고 정연이 그 모습을 보며 박수를 칠 때, 예빈은 슬그머니 하늘의 얼굴을 훔쳐보았다. 평소에는 무표정한 하늘이 오늘만큼은 살짝 웃고 있는 것처럼 보였다.

그 후 며칠간은 하루에도 몇 번씩 시계를 올려다봤다. 하지만 시간이 지나면서 시계를 쳐다보는 일도 줄었고, 수행 과제가 끝난 후에는 아이들과 별다른 교류도 없었다. 그래도 마음속으로는 특별한 추억을 공유하고 있다는 동질감이 있었다. 적어도 예빈은 그랬다.

하늘의 소식이 들린 것은 여름 방학이 끝날 즈음이었다. 예빈은 방학 동안에도 학교에서 공부했는데, 같이 공부하던 아이들과 점심을 먹고 교실로 가는 길에 한 아이가 조금 전에 들은 따끈한 소식이라며 입을 뗐다.

"송하늘 자퇴했대."

함께 있던 아이들 모두가 놀랐다. 예빈도 마찬가지였다.

"뭐?"

"작년에 송하늘이랑 친했던 3반 애한테 들었어."

"헐! 우리 반 애들은 왜 몰라?"

"우리 반엔 걔랑 친한 애가 없잖아."

그러고 보니 하늘은 특별히 친하게 지내는 아이가 없었다. 고3 교실에서는 친구 만들기가 1순위가 아니다 보니 별스러운 일은 아니었다. 그런데 자퇴라니, 무슨 일이지?

"이유가 뭐래?"

"모른대."

"아, 부럽다."

"난 부럽다기보다는 걱정되는데."

"걱정할 게 뭐 있어? 걔도 생각이 있겠지."

아이들이 하는 이야기를 듣는 동안 예빈은 마음이 무거워졌다. 휴대폰을 꺼내 하늘에게 메시지를 보내려다가 도로 집어넣었다. 뭐라고 말을 건네야 할지 난감했다. 하늘의 자퇴 소식이 놀라운 한편, 앞으로 그 애를 만나기 힘들 것 같아서 가슴이 갑갑했다.

'이제 기회가 없어진 건가?'

사실 예빈은 학기 첫날, 교실에서 그 애를 발견하고 눈이 마주

칠까 봐 얼른 고개를 돌렸다. 예빈의 흑역사 속에 '송하늘'이라는 이름이 굳게 박혀 있기 때문이었다.

　예빈은 하늘과 중학교 2학년 때 같은 반이었다. 그때 둘 사이에 불편한 사건이 있었다. 지금 생각해 봐도 자신이 왜 그토록 경솔한 행동을 했는지 이해가 안 됐다.

　살짝 더워지기 시작한 날씨였다. 새로 산 샤프가 없어져서 예빈은 정신없이 샤프를 찾고 있었다. 그때, 자신의 샤프와 똑같은 걸 가지고 있는 하늘이 눈에 띄었다. 예빈은 다짜고짜 하늘에게 따졌다.

　"이거 내 거지?"

　그러자 하늘은 샤프를 꾹 쥐고 입가에 빙글빙글 웃음을 단 채 예빈을 쳐다봤다. 그때는 그 표정이 자신을 비웃는 것이라고 생각했다. 몇 년 전 일이지만, 그 장면은 아직도 예빈의 머릿속에서 지워지지 않았다.

　기분이 상한 예빈은 샤프를 내놓으라고 소리쳤다. 소란스러웠던 교실이 순식간에 조용해지면서 아이들이 예빈과 하늘을 주목했다. 하늘의 얼굴이 점점 일그러지면서 샤프를 잡은 손이 꿈틀거렸다. 하지만 샤프를 더 꽉 잡을 뿐, 돌려주지는 않았다.

　예상치 못한 하늘의 반응에 예빈은 당황했다. 얘 뭐야? 장난치는 거야? 아니면 못 돌려주겠다는 거야? 그런 생각을 했던 것 같다. 물러설 수 없다고 생각한 예빈은 입을 앙다물고 하늘을 계속 노려봤다. 그때 하늘의 눈빛, 원망이 담긴 그 눈빛을 지금도 잊을 수 없다.

그 일은 예빈의 앞자리에 앉은 아이가 예빈에게 샤프를 건네며 놀려 주려고 숨겼던 거라고 이야기하면서 해프닝으로 끝났다. 예빈은 너무 무안하고 당황해서 하늘에게 제대로 된 사과도 하지 못한 채 서둘러 그 자리를 벗어났다. 그리고 그해 내내 그 애를 외면하고 지냈다. 그때 갑작스레 도둑으로 몰려서 하늘은 얼마나 억울했을까?

올해 다시 만나 국어 수행을 같이하게 되었을 때, 예빈은 난감했다. 물론 하늘은 내색을 하지 않았지만, 궁금해졌다. 하늘이 아직도 그 일을 기억하는지, 혹시 앙금이 남아 있는지…….

그 후 교실에서는 하늘의 자퇴 이유에 대해 여러 추측이 난무했다. 유명한 웹툰 작가의 문하생이 되어서 학교를 그만둔 거라느니, 1학기가 끝나자마자 유학을 떠났다느니, 고등학교는 검정고시로 졸업하고 미대 입시에 올인하는 거라느니. 물론 누구의 말이 맞는지는 알 수 없었다.

'이대로 가만히 있어도 될까?'

예빈은 제대로 사과하고 싶었다. 막연히 언젠가는 할 수 있을 거라고 생각했는데, 그 기회가 사라진 것만 같았다.

시험 종료를 알리는 종이 울렸다. 한숨 쉬는 소리와 의자 미는 소리가 들리고, 책상 구석에 올려놓은 답안지를 집어 가는 손길이 느껴졌다. 하지만 예빈은 고개를 들지 않았다. 조금 더 그대로 있고 싶었다. 소란한 교실 속에서 예빈만 고요한 섬처럼 엎드려 있었다. 예빈은 그 상태로 조그맣게 중얼거렸다.

"하늘아, 너 잘 있는 거지?"

정연의 영역

'십 분 전? 충분해, 충분해······.'

남은 시간을 확인한 후, 정연은 속으로 중얼거리며 불안한 마음을 달랬다. 이제 십 분만 잘 버티면 전쟁 같았던 9모도 일단락된다. 정연은 빡빡해진 눈을 살살 문지르고 답안지를 작성하기 시작했다.

어젯밤부터 지금 이 순간까지 정연의 하루는 불운의 연속이었다. 야자 시간의 예기치 않은 실수에 이어 아침에는 갑작스레 복통이 시작되었다. 학교에 도착하자마자 화장실로 직행해서 뱃속을 비웠다. 그제야 정신이 들었지만, 모의고사는 여지없이 망치고 말았다.

어제 일이 생각난 정연은 미간을 찌푸렸다. 하필 9모 전날, 평소에는 하지 않던 엉뚱한 행동을 하고 만 것이다.

'갑자기 뭐에 씐 것처럼 왜 그랬나 몰라.'

어젯밤, 정연은 늦은 시간까지 교실에 혼자 남아 있었다. 공부 때문에 그런 것은 아니었다. 사실은 야자가 너무 하기 싫었다. 2학기가 시작되면서 슬럼프가 온 건지 공부에 집중이 안 됐다. 야자 초반에는 십 분마다 시간을 확인했던 것 같다. 그렇게 대여섯 번 시계를 보다가 불현듯 하늘이 생각났다.

'맞아, 하늘이가 그린 그림……'

시계 뒤에 네 사람의 모습이 담긴 종이를 붙이면서, 수능이 끝나면 함께 꺼내 보자고 했었다. 별것 아니었지만 가끔 시계를 쳐다보며 혼자 씨익 웃곤 했는데, 이제는 웃음이 나오지 않을 것 같았다.

하늘의 자퇴 소식은 학급에 큰 충격을 주었다. 고3이 자퇴하는 건 흔한 일이 아니다. 하늘의 마음이 그만큼 절박했던 것일까? 하늘이 사라진 반톡방에서는 한동안 그 애 이야기가 끊이지 않았다.

[지금까지 버텼는데 조금만 더 버티지. 고등학교 졸업장은 있어야 하지 않아?]
[유학 간대? 걔네 집 부자야?]
[하긴, 뭔가 학교랑 안 어울렸어, 송하늘은…….]

하늘의 자퇴를 용기라고 부르는 아이들도 있었고 도피라고 부르는 아이들도 있었다. 하지만 정연은 하늘의 행동을 뭐라고 말해야 할지 몰랐고, 마음대로 말하고 싶지도 않았다. 하늘에게 직접 묻고 싶었다. 그 애의 대답을 듣고 싶었다.

야자가 끝나기 오 분 전, 아이들은 여느 때처럼 가방을 싸기 시작했다. 정연은 일부러 책상 서랍 속의 책들을 꺼내 정리하는 척하면서 모두가 교실을 나가기를 기다렸다. 그리고 마지막으로 나가는 아이들을 향해 소리쳤다.

"교실 문은 내가 잠글게!"

복도에 아무도 없는 것을 확인한 후, 의자를 끌어와 시계가 있는 벽에 붙인 다음 실내화를 벗고 조심스레 의자 위로 올라섰다. 그 순간 왜 그토록 하늘의 그림이 보고 싶었는지…….

정연은 시계 뒤에 붙여 놓은 편지봉투를 떼어 냈다. 봉투에서 종이를 꺼내 펴자 접혀 있던 네 명의 아이들이 모습을 드러냈다. 비록 그림이지만, 자신을 반기는 것 같아 괜히 울컥했다.

'다 잘 있었구나.'

정연은 아이들 얼굴을 하나하나 새기듯 보고 나서 다시 봉투에 종이를 넣고 시계 뒤에 붙였다. 어느새 시침과 분침이 열 시 십 분을 가리키고 있었다. 잠시 후면 가장 마지막에 닫는 왼쪽 현관도 잠기니 서둘러야 했다.

정연은 다시 의자 위로 올라가 시계를 높이 들었다. 벽에 박힌 못에 시계의 고리를 걸어야 하는데, 잘되지 않았다. 몇 번을 헛손질하다가 툭, 하고 걸리는 느낌이 들어 시계에서 손을 뗐다.

하지만 착각이었다. 시계는 벽을 타고 주욱 미끄러졌고, 그걸 잡으려는 정연의 손에 부딪힌 뒤 바닥에 떨어지고 말았다.

챙그랑!

요란한 소리가 교실에 울렸다.

'악! 어떡해?'

시계 앞면이 바닥에 부딪히면서 유리가 산산조각 났다. 숫자가 씌어 있는 뒤판은 깨지지 않았지만 시침과 분침이 덜렁거려서 시계라고 할 수 없는 몰골이 되었다. 갑작스러운 사고에 정연은 그야말로 망연자실했다. 상상도 못 한 일이 벌어진 것이다.

'으윽, 신이시여, 왜 저한테 이런 시련을 주십니까?'

정연은 침착해야 할 순간에 꼭 덤벙거리는 자신이 저주스러웠다. 하지만 마냥 그러고만 있을 수는 없었다. 우선 뒤판에 붙은 봉투를 떼어 내어 노트 사이에 끼웠다. 그리고 빗자루를 가져와 유리 조각을 쓸어 담고 바닥에 나뒹구는 시계의 잔해를 치웠다.

뛰다시피 교문을 빠져나오며 담임 선생님께 뭐라고 말씀드려야 할지 고민하던 중, 깜박하고 있었던 중대한 사실이 떠올랐다.

"헉, 어떡해! 내일 9모잖아!"

시험 날에는 시계가 꼭 필요한데 큰일이었다. 아이들이 내일 교실 시계가 사라진 것을 보고 어떤 반응을 할지, 선생님은 뭐라고 하실지……. 생각만으로도 머리가 아프고 마음이 무거웠다. 시험 걱정만 해도 모자랄 판에 어이없는 실수를 저질러서 엉뚱한 걱정을 하는 자신이 한심스럽기도 했다. 하지만 어쩌랴, 억지로라도 긍정적으로 생각해야 했다.

"어떻게든 되겠지. 방법이 있을 거야. 그래, 있을 거야."

집에 가는 내내 정연은 두 손을 앞으로 모은 채 기도하듯이 중얼거렸다.

신경을 너무 많이 쓴 탓일까? 새벽부터 속이 안 좋더니 아침 등굣길에 뱃속에서 찌르르, 신호가 왔다. 결국 학교에 도착한 후 교실에 가방만 내려놓은 채 화장실로 직행했다. 가는 길에 담임 선생님과 마주쳤지만, 너무 급해서 아무 말도 하지 못했다.

볼일을 해결하고 교실로 돌아왔을 때, 정연은 흠칫 놀랐다. 교실 벽에 시계가 걸려 있었기 때문이다. 누군가가, 아마도 선생님이 구해다 놓은 모양이었다. 그제야 정연은 안도의 숨을 내쉬었다. 하지만 그것도 잠시, 시험 시작을 알리는 종이 울렸다. 정연은 성난 파도처럼 밀려오는 문제들과 씨름을 시작했다.

종이 울렸다. 마지막 시험도 끝이 났다. 정연은 책상 가운데에 답안지를 가지런히 올려놓은 후 손바닥으로 얼굴을 감쌌다. 시험 감독 선생님이 나가자 교실은 금세 소란스러워졌다. 잠시 후, 뒷문이 열리면서 8반 담임 선생님이 들어왔다.

"3학년 7반! 시험 보느라 수고했어요. 담임 선생님이 오후에 급한 출장을 가셔서 종례는 따로 없습니다. 다들 집에 가서 푹 쉬어요. 하루 종일 고생 많았습니다."

담임 선생님께 시계 이야기를 하려고 했는데……. 난감했다. 정연이 문자라도 보내야겠다고 생각하며 교실 문을 나서는데 예빈과 민수가 복도에 서 있었다. 그 애들은 기다리고 있었단 듯이 정연에게 다가왔다. 예빈이 목소리를 낮추고 물었다.

"시계, 혹시 어떻게 된 건지 알아?"

민수 역시 호기심 가득한 눈빛으로 정연을 바라보았다.

"어젯밤에 내가 깨트렸어."

정연이 대답하자 예빈과 민수의 눈이 동시에 커다래졌다.

"깨트렸다고? 어쩌다가?"

"그냥…… 그림이 보고 싶어서…….'

"뭐?"

민수와 예빈이 눈빛을 교환했다. 자신들의 예상이 맞았다는 건지 틀렸다는 건지 알 수 없었다.

"나도 모르겠어, 왜 그랬는지. 갑자기 그림이 잘 있는지 보고 싶었어."

정연의 대답에 민수는 짧게 한숨을 쉬었고 예빈은 정연의 어깨를 살짝 감싸며 다시 물었다.

"그래서, 그림은 잘 있어?"

정연이 가방을 손으로 가리키자 예빈이 고개를 끄덕였다. 세 사람은 교문을 나와 학교 앞에 있는 버스 정류장에 멈춰 섰다.

"하늘이랑 연락해?"

민수가 물었다. 정연은 고개를 저었다. 반 아이들 몇몇이 연락해 봤지만 답을 하지 않더라는 이야기만 들었다.

"나도 안 해 봤어."

"나도."

민수와 예빈이 차례대로 말했다.

"아, 결국 우린 약속을 못 지켰네."

그림을 들여다보던 예빈이 중얼거렸다. 그러고는 한마디 덧붙였다.

"하긴, 뭐, 어차피 틀렸지. 수능 끝나고 하늘이가 우리랑 이거 열어 보러 올 리도 없고."

민수가 버스 정류장에 붙어 있는 47번 버스 노선도를 보며 말했다.

"하늘이는 왜 종점에 가고 싶다고 했을까?"

정연도 궁금하기는 마찬가지였다. 처음 하늘이 그 이야기를 했을 때는 정해진 시간표에서 벗어나 잠시라도 자유 시간을 갖고 싶다는 뜻으로 이해했다. 고3이라면 누구나 품고 있는 일탈에 대한 욕구 정도라고 생각했다. 하지만 하늘이 자퇴하고 나니 다른 의미가 담겨 있는 것 같기도 했다.

"종점에 가서 다시 시작하고 싶었나?"

예빈이 고개를 갸웃거리며 말했다. 정연은 예빈의 말이 그럴듯

하다고 생각했다. 새로 시작하기 위해서는 끝을 맺어야 하니까. 그래야 제대로 시작할 수 있으니까. 어쩌면 하늘은 한참 전부터 자퇴를 고민하고 있었을지도 모른다.

갑자기 민수가 숫자를 세기 시작했다.

"하나, 둘, 셋, 넷……."

예빈이 민수의 어깨를 툭 치며 물었다.

"뭐 해?"

"종점까지 정류장이 몇 개인지 세어 보는 거야."

민수의 진지한 표정을 보며 예빈이 큭큭 웃었다.

"왜? 너도 가 보게?"

"하늘이가 간다는데 나라고 못 갈 거 있어?"

둘의 이야기를 가만히 듣고 있던 정연이 두 사람을 빤히 쳐다보며 말했다.

"지금 가 볼래?"

47번 버스는 한가했다. 세 사람은 맨 뒷좌석에 쪼르르 앉아서 실없는 이야기를 주고받았다.

"시험 끝나고 시계 사러 가려고 했는데……."

정연이 중얼거리자 예빈이 말했다.

"같이 사러 갈까?"

"그래 주면 고맙지."

그러자 민수가 덧붙였다.
"당연히 같이 가야지. 그 시계가 그냥 시계냐?"
"그냥 시계 아니면 뭔데?"
"그니까 그게……."
민수가 말을 더 잇지 못하자 예빈이 끼어들었다.
"타임캡슐이지."
"아아, 내가 타임캡슐을 파괴했구나."
"이제 알았냐?"

정연은 대답 대신 피식 웃었다. 생각해 보니 넷이 함께 그림을 숨기면서 타임캡슐 어쩌고 했던 것 같다. 그런 소중한 물건을 깨트리다니. 분명 사소한 실수는 아니었다. 하지만 한편으로는 그러기를 잘했다는 생각이 들었다. 실수를 하지 않았다면 셋이서 종점 여행을 떠나지도 않았을 테니까.

정연은 차창을 열고 숨을 한 번 크게 들이쉬었다. 아직은 낮의 열기가 남아 있는 계절이라 그런지 따스한 기운이 느껴졌다. 하지만 이런 느낌도 오래가지 않을 것이다. 곧 서늘해지고, 낙엽이 하나둘 떨어질 것이다. 그리고 서리가 내릴 즈음에는 수능이다.

세 사람은 종점에서 내렸다. 막연히 쓸쓸한 곳에 외따로 떨어져 있는 정류장의 모습을 상상했는데, 전혀 아니었다. 종점은 여러 대의 버스가 질서 정연하게 늘어서 있는, 상당히 넓고 분주한 곳이었다. 운행을 앞두거나 끝낸 버스 기사 아저씨들이 단층의 회색 건물로 부지런히 오가고 있었다.

"종점은 이런 곳이구나."

민수가 주변을 휘휘 둘러보며 말했다.

"하늘이는 종점이 이런 덴 줄 알고 온다고 한 걸까?"

"아닐 것 같아."

예빈이 회색 건물 지붕 위로 낮게 내려앉은 햇살에 시선을 멈추며 말했다.

"얘기해 주자. 막상 와 보니까 아주 평범한 곳이라고. 하늘이 개, 분명 종점이 어떤 곳인지 잘 모르면서 온다고 말했을 거야."

그러자 민수가 예빈에게 물었다.

"어떻게 얘기하게?"

세 사람은 서로의 얼굴을 마주 보았다. 곧 정연이 좋은 생각이 났다는 듯 눈을 반짝이며 말했다.

"우리 수행 단톡방 있잖아. 하늘이가 안 나갔으면……."

하늘이 그림을 그렸던 날 만든 단톡방이 있다. 수행 과제를 마치고 나서는 그 방을 쓰지 않았지만 없애지는 않았다. 단톡방을 살펴보던 예빈이 말했다.

"하늘이 있다!"

하늘의 이름을 보고 세 사람은 약속이라도 한 듯이 동시에 미소를 지었다.

"우리 여기 왔다고 보내자. 인증 사진도 찍고."

세 사람은 셀카도 올리고 종점 풍경도 찍어서 올렸다. 사진으로 찍으니 특색 없고 평범한 종점이 가을 정취가 가득 담긴 감성적인 장소처럼 보였다. 참 신기한 일이었다.

[하늘아, 우리 왔다. 47번 종점.]

정연이 사진과 함께 짧게 메시지를 써서 보냈다. 물론 하늘은 읽지 않았다. 하지만 세 아이 모두, 언젠가는 하늘이 읽고 답장을 보낼 것이라고 믿었다.

셋은 종점에서 출발하는 버스를 탔다.

"뭐 좀 먹고 시계 사러 갈까?"

"내가 하려던 말이 그 말이야."

"좋아. 뭐 먹을까?"

먹는 이야기를 하자 누가 먼저랄 것 없이 다들 얼굴에 생기가 돌았다. 어느새 먼 산등성 위로 노을이 붉게 물들고 있었다.

다음 날 아침, 3학년 7반 담임 선생님은 교실에 시계가 걸려 있는 것을 보고 놀랐다. 분명히 어제 퇴근할 때까지만 해도 없었는데, 영문을 알 수 없는 일이었다.

선생님은 어제 오후 출장을 다녀오느라 퇴근이 늦어졌다. 그래서 허둥지둥 빌려 온 시계를 제자리에 갖다 두고 퇴근했다. 오늘 교실을 더 찾아보고, 그래도 없으면 새로 마련할 생각이었다. 그런데 교실에 새로운 시계가 떡하니 걸려 있었다. 선생님은 멍한 기분으로 시계를 쳐다봤다.

"참 별일이네."

혼잣말을 중얼거리며 선생님은 천천히 교실 문을 나섰다.

작가의 말

"어렸을 때 여름 같아."

기록적인 폭염을 겪으며 여러 번 이 말을 중얼거렸습니다. 어른이 되고 난 후에는 더위를 요리조리 피해 다닌 모양인지 유독 더웠던 이번 여름, 몸속에 숨어 있던 오래된 기억이 되살아났습니다.

어릴 적에는 땡볕에서 머리칼이 땀에 흠뻑 젖도록 놀았습니다. 그 채로 지쳐 잠이 들기도 했죠. 바닷가라도 가면 등 허물이 벗겨지도록 놀았고요.

십 대 때의 여름도 떠오릅니다. 먼지 나는 운동장을 뛰다 보면 온몸에서 더운 열기가 풀풀 났습니다. 빨갛게 익은 얼굴을 운동장 수돗가에서 씻곤 했지요.

그러고 보니 어린 시절의 여름은 더 뜨겁고 숨 막혔던 것 같습니다. 햇빛을 피하는 법을 몰라서 그랬을까요? 아니, 피할 생각도 하지 않았던 걸까요? 지금 생각해 보면 우습기도 하고 그립기도 합니다. 태양과 나름대로 맞짱을 뜬 거 같아서요.

그렇게 여름을 겪다 보면 어느새 가을이 와 있곤 했습니다. 하지만 선선한 바람을 느끼는 것도 잠시, 낙엽이 떨어지면서 추적추적 내리는 가을비를 맞고 나면 화이트 크리스마스를 기다리게 됩니다. 한겨울의 매서운 바람에 떨고 나면 봄날의 햇살을 기다리게 되고요. 분명히 온다는 것을 알기에, 이 계절이 절대로 계속되지 않는다는 것을 알기에 오늘의 짐을 내려놓고 다음 계절이 오기를 기다리는 거죠.

지금 이 순간에는 희망이 보이지 않을 수 있습니다. 나 자신이 마음에 들지 않을 수도 있습니다. 그럴 때는 숨을 고르며 기다리면 좋겠습니다. 새로운 계절이 오고 있으니까요. 어차피 시간은 당신의 것이니까요.

며칠 전부터 저녁이면 풀벌레 우는 소리가 들립니다. 가을이 어김없이 오고 있습니다.

프리끼!

강석희

강석희

소설가. 2018년 동아일보 신춘문예를 통해 작품 활동을 시작했다. 쓴 책으로는 소설집 『우리는 우리의 최선을』, 장편 소설 『꼬리와 파도』 『내일의 피크닉』 등이 있다.

1

 간밤에는 한숨도 못 잤다. 지독한 불면. 보름째였다. 부모님도 선생님도 반 아이들도 내가 극도의 입시 불안에 시달리는 줄 알고 있다. 고3이니까. 마지막 모평을 앞둔, 수시를 지원할 대학교를 확정해야 하는 9월의 고3이니까. 내 상태를 입시와 연결 짓는 것은 자연스러운 일이었다.
 내가 의대에 갈지 못 갈지를 놓고 주변에서 더 호들갑이었다. "꼭 가야 해"와 "어디 한번 가나 보자"로 나뉜, 지루하고 지겨운 관심들. 그렇지만 지금의 내게는 그 야단이 오히려 편했다. 한껏 예민해져도, 묘하게 들떠 보여도 괜찮기 때문이다. 고3이기만 하면, 수험생이기만 하면 되는, 번듯한 정체성 속에 납작하게 숨어 있기만 하면 되는,
 9월이었다.

편지가 왔다. 보름 전에. 이메일이 아니라 우편으로. 손 편지를 봉투에 담아 우표까지 붙인 편지. 그건 그야말로 편지였다. 사람의 마음을 쥐고 흔드는.

보낸 이는 이삭이었다. 그래, 이삭이 아니면 누가 있을까. 보랏빛 꽃 그림으로 테를 두른 편지지에 진회색 펜으로 꾹꾹 눌러 쓴 편지를 보낼 사람이. 적어도 내 주변에는 남아 있지 않다. 행여 있었다 해도 편지 쓰는 법 따위는 잊었거나 이미 다 죽었을 것이다. 이삭마저도 이젠 없으니까.

그 편지는 이삭이 이 세상을 떠나기 전 내게 남긴 마지막 메시지였다. 그러니 내가 얼마나 반가웠겠는가. 얼마나 외로웠겠는가.

그렇지만 나는 담담히, 아니, 담담한 척, 아니, 아니, 학습된 담담한 마음으로 봉투를 뜯었다. 한때 이삭과 내가 그랬던 것처럼, 담담하게. 우리가 나중에 같이 살 집의 이름이기도 했던 그 말은 우리에게 어울리는 자세이자 태도였다.

조용히, 들끓지 않고.

차분히, 서두르지 않고.

약속한 것도 아닌데 저절로 그렇게 되었다. 그 마음과 태도가 우리를 지켜 준다고 믿었으니까. 배우지 않았지만 이미 다 알고 있었다. 그 믿음과 앎은 이삭이 사라진 뒤에도 크게 달라지지 않았다. 이삭의 편지를 읽기 전까지는 그랬다.

이삭과 내가 남다른 사이가 된 건 일 년 전의 일이었다. 1학년 때는 그 애의 존재 자체를 몰랐다. 2학년이 되어 같은 반이 되긴 했으나 봄꽃이 지고 나뭇잎이 두꺼워질 때까지 짧은 대화 한 번 나누지 않았다. 이삭에게는 제 나름대로 편하게 지내는 친구들이 있었고, 나도 학교생활에 적적함을 느끼지 않을 만큼의 인간관계를 유지했다.

나는 나의 일상에 만족하며 지냈다. 그러지 않을 이유가 없었다. 그리고 그 모습 그대로 졸업하는 게 목표였다. 어떤 혼란도 부침도 없이 모두가 부러워하는, 그래서 자랑스럽게 생각할 만한 대학교들의 문 앞에 도착하기. 여섯 개의 문 중 하나를 내 손으로 고르는 미래를 완수하기.

그러려면 안전과 안정은 필수였다. 매일을 보내는 학교에 친밀한 누군가를 두는 것은 위험했다. 이삭과 친해지지 않았던 건 내 무의식의 선택이었는지도 모른다. 자연스럽다고 믿었지만 절대 자연스럽지 않은 일. 원하지만 원해서는 안 되는 일.

하지만, 이상하게도,

낯선 아이들 사이에서 이삭의 얼굴이 가장 먼저 눈에 익었다. 이삭이 천체 관측 동아리 회장이라는 것도, 도의고사를 보면 225점을 받고 수학은 항상 100점이라는 것도, 도서관 장서 신청 기간마다 강령술이니 흑마법이니 하는 수상한 책들을 신청해서 사서 선생님에게 불려 가는 것도, 애쓰지 않았는데도 뇌리에 박했다. 일부러 찾지 않았으나 하루에 적어도 한 번씩은 이삭에게 시선이 멈추었다.

　이삭은 내게 피할 수 없는 운명 비슷한 것이 아니었을까. 너무 상투적이어서 낯간지럽지만 다른 비유는 떠오르지 않는 그런 대상. 이삭은 내게 처음부터 그런 존재였을 거라고, 돌이켜 생각해 보았다. 이제 그것은 극히 타당한 명제다. 아무도 반증할 수 없는.

　예정된 사건은 예상치 못한 순간에 일어났다. 장소는 본관 2층의 국어 1실. 진로 선택 과목인 현대 문학 감상 시간이었다. 그 수업에는 일주일에 한 번씩 문학으로 마음을 챙기는 수행 평가 활동이 포함되어 있었다.

　활동에 대한 설명을 들었을 때, 나는 잠깐 고민했다. 의대에 가고 싶으면 수행 평가는 대충 하고 치워라. 구색만 맞춰라. 수험생들 사이에서는 이 말이 불문율이 된 지 오래였지만, 어쩐지 그 수행 평가에는 귀가 솔깃했다.

　나는 그 시간을 좋아하게 되었다. 어떤 아이들은 뒤쪽 자리에 앉아 무언가에 쫓기는 듯한 얼굴을 한 채 학원 숙제를 했으나, 나는 언제나 교실 정중앙 자리에 앉아 아이들의 발표를 경청했다.

　선생님은 한 번도 아니고 두 번도 아니고 몇 번씩이나 내게 일등은 다르구나, 말했다. 그러나 사실은 전부 '척'이었다. 열심히 듣는 척, 감동한 척, 마음을 보살피는 척.

아이들은 문학 작품 속 문장과 그에 내포된 의미를 나름대로 해석한 다음 문학 치료 프로그램의 내용을 적당히 베껴 와서 발표를 했다. 나는 그 누구보다 발표에 집중하며 아이들이 전하려는 메시지를 조목조목 반박했다. 저것은 말이 되지 않는 소리다, 인간은 자기 자신을 이해할 수 없다, 타인을 긍정할 수 있는 방법 따위 존재하지 않는다, 실패를 딛고 일어나게 하는 건 꿈이 아니라 돈이다, 세상은 우리 편이 아니다, 단 한 순간도 그랬던 적이 없다. 그런 말을 머릿속에 늘어놓으며 발표자와 눈을 맞추고 고개를 끄덕였다. 선생님의 만족스런 눈빛이 내게 닿는 걸 느끼는 게 즐거웠다. 심리적 안정에도 꽤 도움이 되었다.

일말의 죄책감도 들지 않았다. 발표자들은 자기 차례가 아닐 때 딴 짓을 하던 애들이었고, 준비해 온 활동은 전부 부모님이나 학원에서 만들어 준 것들이었으니까. 선생님에게는 안 보이는 건가? 그렇지 않을 텐데. 저 애들의 어휘력과 문학적 소양을 모를 리가 없는데. 혹시, 알고도 견디는 건가? 그래서 발표자보다 나를 더 자주 쳐다보는 건가? 그렇게 생각하면 마냥 즐겁지만은 않았지만, 그 시간은 내게 포기할 수 없는 쾌감을 줬다.

급기야 기말고사를 앞두고 마지막 발표 수업을 마치고 나서는 그 수업을 사랑하게 되고 말았다. 그날의 발표자는 '내가 나에게 불러 주고 싶은 노랫말'을 찾는 활동을 진행했다. 찾은 노랫말을 쪽지에 적으면 다른 모둠원들이 큰 소리로 읽어 주는 것이었다.

모둠원은 네 명, 이삭은 나와 마주 보는 자리에 앉아 있었다.

대중가요의 노랫말에 담긴 미학적 가치를 찾긴 개뿔. 시는 시고 노래는 노래지. 이게 무슨 의미가 있나. 나는 늘 그래 왔듯 발표에 흠집을 내고 그것에 통쾌해하며 아이패드로는 '가사가 아름다운 노래'를 검색했다. 유치하거나 난해하거나 겉늙은 노랫말들뿐이었다. 그러다 어떤 노래의 가사에, 문장 하나에 붙잡혔고, 그 노래를 세 번 들었다. 그러는 사이 다른 아이들은 각자 고른 문장을 적었다. 나도 적당한 것 하나를 써서 책상에 올려놓았다.

별다른 일 없이 수업이 끝났다. 문제는 그다음이었다. 교실을 나갈 때 자기가 쓴 쪽지를 챙겨 가야 하는데 내 것이 보이지 않았다. 바닥에 떨어졌나? 나도 모르게 주머니에 넣었나? 여기저기 찾아보는 동안 다른 애들은 우르르 교실을 떠났다. 남은 사람은 나와 이삭뿐이었다.

결국 찾지 못하고 그냥 나가려는 찰나, 이삭이 말했다.

"먹었어."

톤이 잘 잡힌 중저음. 조용한 곳에서 듣는 이삭의 목소리가 참 좋았다. 하지만 내용은 이해가 되지 않았다. 무슨 소리야? 뭘 어쨌다고?

"먹었다고. 네가 쓴 거."

아니, 그걸 왜……. 어안이 벙벙한 채로 이삭을 마주 볼 수밖에 없었다. 학교에서 넋이 나가는 느낌을 받은 건 정말 오랜만이었다. 아니, 처음이었을지도 모르겠다. 세상에. 귀가 멍했다. 눈앞이 어둑해졌던 것 같기도 하고, 오히려 환해졌던 것도 같다.

"도망가자."

"……."

"맞지? 네가 듣고 싶었던 가사."

맞았다. 도망가자. 그 말에 한참을 멈춰 있었던 것이, 맞았다.

다음 날부터 내 등굣길이 변했다. 모든 것이 그대로였지만 내가 달라졌다. 그러므로 모든 게 바뀌었다.

집에서 학교까지는 걸어서 십오 분 거리. 노래 대여섯 곡을 들으면 교실에 도착했다. 걷다가 아는 얼굴을 마주치면 이어폰을 꽂은 채로 눈인사만 나누었다. 그러면 누구도 굳이 내게 말을 걸지 않았다.

학교에 가며 주고받는 대화란 대개 시답잖다. 나는 남들과 시시콜콜한 이야기 같은 거 조금도 하고 싶지 않았다. 그렇다고 진지한 이야기를 하는 건 더 싫었고. 그러다 보니 상대방의 실속 없는 말에 의미 없는 리액션만 해야 했는데, 그건 더 큰 고역이었다. 점수, 등급, 수행 평가, 누군가의 다툼과 연애…… 중간중간에 섞이는 크고 작은 헐뜯기와 깎아내리기. 그걸 가리켜 얹어 놓는 부질없는 농담까지.

나는 학교에서 아이들과 깊은 사이가 되려면 감당해야 하는 것들로부터 최대한 멀어지고 싶었다. 물론 그 마음을 일으키는 것도 다른 형태의 부정과 혐오라는 걸 모르지 않았다.

솔직히 말하면, 죄다 싫었다. 고등학생이라는 집단이.

주머니 속에 감춘 양손의 가운뎃손가락은 항상 세워져 있었다. 일종의 결계였다. 가까이 오지 마. 말 걸면 엿을 먹여 버릴 거야. 그 결계를 부수고 들어온 사람이 이삭이었다.

플레이리스트의 세 번째 노래를 들으며 교문을 통과하는 순간이었다. 나의 사랑은 모두 나의 것. 모두 다 내 것. 후렴구가 시작될 때 음악이 잠시 끊겼다가, 이어졌다. 뭐지? 멈칫하는 사이,

"안녕?"

이삭이었다. 주머니 속의 내 손은 어느 샌가 욕을 하고 있지 않았다. 그저 무언가를 쥐려는 것처럼 손가락을 말아 쥔 모양이 되어 있었다. 저 애는 왜 나한테 인사를 하지? 언제 이렇게 가까이 왔지? 뭐라고 대꾸해야 하지?

머릿속의 질문들이 미처 정리되기도 전에 대답했다. 생각보다도, 판단보다도 빠르게.

"안녕."

걷잡을 수 없다.

이 말의 의미를 생성형 AI에게 물어본 적이 있다.

상황이 매우 급변하여 인간의 힘으로는 제어할 수 없는 상태. 사태가 예상보다 악화되거나 심각해지는 경우. 예를 들면, 작은 불씨가 산불로 번지는 것. 눈덩이 하나가 눈사태로 불어나는 것.

부정적인 뉘앙스가 강해서 당황스러웠다. 나와 이삭의 사이를 설명하기에 적합한 말 같아서 찾아본 건데 뭐가 이렇게 멸(滅)이고 망(亡)이야?
하지만 결과적으로는 맞는 말이 되어 버렸다. 우리의 마음은 댐을 넘는 강물처럼, 마을을 삼키는 해일처럼 넘치고 몰아쳐 한순간에 우리를 망가뜨렸으므로.
우리 학교 교칙에는 이런 조항이 있다.

7조 2항
학생은 품위를 유지하여 건전한 교풍 확립에 기여한다.
세칙 ① 건전한 이성 교제는 허용하나 통념에 어긋나는 부적절한 교제는 엄히 금지함.

연애하지 말라는 소리를 구구절절하게도 써 놨네. 처음 봤을 때는 그렇게 생각하고 지나쳤지만, 그게 내 일이 될 줄은 몰랐다.
걷잡을 수 없어진 나는, 이삭은, 우리들의 마음은, 질주했다. 그 끝에 무엇이 있는지도 모르는 채. 알았다한들 달랐을까. 이삭이라는 이름의 사건, 사건이라는 이름의 사고, 사고라는 이름의 사랑, 사랑이라는 이름의 용기. 그랬다. 내게 이삭은 용기라는 말의 뜻을 고민하게 하는 존재였다.

나는 이삭이 무엇이어도 괜찮았다. 이삭과 뭔가를 나눠 먹으면 입에서 구리 맛이 났다. 찌릿하고 짜릿한 맛. 비유가 아니다. 정말로 비릿하고 유해한, 쇠 맛 같은 게 느껴졌다. 종종 생각했다. 이삭이 로봇이나 외계 생명체인 건 아닐까. 그렇게 생각하고 들으면 이삭의 목소리에 기계음 같은 게 섞인 듯도 했다. 이삭의 손이 한여름에도 얼음장처럼 찼던 것도, 이삭이 불쑥 다가올 때마다 내가 듣고 있던 음악이 끊겼던 것도 전부 고차원 문명의 메카닉한 시그널이었던 건 아닐지.

때로는 이삭이 정말로 인간이 아니길 바라기도 했다. 이삭과의 관계 때문에 무엇을 본다 해도, 무엇이 온다 해도 좋았다. 아무것도 두렵지 않았다. 그 정도는 되어야 내 마음의 벡터를 논리적으로 설명할 수 있었다.

그리고 그 벡터의 누적이 지금의 나다. 지독한 그리움에 허우적대며 '9월'과 '멸망'을 같은 뜻으로 이해하는 사람. 9월 모의고사를 기묘한 기대감 속에서 기다리게 된 고3. 복잡하고 복잡한, 오늘의 나다.

이삭은 학교에 돌아올 거라 했다.

대입을 진지하게 준비하는 수험생에게는 피할 수 없는 승부처. 정시 성적의 바로미터이자 수시를 지원할 대학교를 결정하는 척도가 될 시험. 3학년이 쓰는 4층에 기이한 에너지가 꿈틀대는 바로 그날, 9월 4일에.

아무도 모르게, 낯선 방식으로. 하지만 확실하기.

편지에 그렇게 적혀 있었다. 그리고 이 말도 함께 쓰여 있었다.

마침내 성공했어.

이삭이 성공한 것은, 우주적 차원의 해킹.

2

그날 아침, 내 가방은 어느 때보다 단출했다. 컴퓨터용 사인펜 두 개, 수정테이프 한 개, 샤프 한 개, 샤프심 한 통, 그것들을 담은 필통 하나. 다른 것은 챙기지 않았다. 두뇌 회전용 문제집도, 당 떨어질 때 먹을 간식도 없다. 대신 이삭의 편지는 노트북 주머니 깊숙한 곳에 잘 넣었다. 가방이란 게 이렇게 가벼울 수도 있구나. 내심 감탄하면서 집을 나섰다.

아파트 정문까지 걸어가는 동안 이상한 소리를 들었다. 후—와

우—의 중간쯤 되는 소리. 의도가 있는 것처럼 들렸지만 의미는 파악되지 않는 소리였다. 이어폰을 꽂으면 크게 들리고 이어폰을 빼면 작게 들리는, 과학을 배반하는 소리. 소나기가 내리기 전의 바람 소리 같기도 하고 늑대의 하울링 같기도 하고 대형 풍선에서 공기가 빠지는 소리 같기도 했다. 신경 쓰지 않으려 해도 그럴 수 없어서, 본능적인 짜증을 유발할 만했다.

그러나 나는 불쾌하지 않았다. 오히려 그 소리를 해석할 수 있을 것 같았다. 내게만 들리는 소리인 걸까? 그것만 궁금했다. 이삭의 편지를 꺼내 다시 꼼꼼히 읽었다. 역시 그랬구나.

편지를 접어서 다시 노트북 주머니에 넣고 학교로 달려갔다. 가벼운 가방이 들썩거리며 내 등을 툭툭 쳤다. 빨리, 더 빨리. 응원을 받는 기분이었다. 학교 풍경이 시야 가득히 들어왔을 때 달리기를 멈추고 노래를 재생했다.

우리가 태어나기 거의 십 년 전에 나온 노래를 이삭이 에어드롭으로 보낸 날이 있었다. 교문을 통과하기 직전, 휴대폰 진동이 울리고 '애인 발견!!!'이라는 글자가 화면에 떴다. 받기 버튼을 누르니 이삭이 나타났다. 노래의 첫 가사처럼 바보 같은 얼굴을 하고서. 내 눈에는 이미 귀여울 대로 귀여워 보이는 까무잡잡한 얼굴을 코앞까지 들이밀었다. 확 깨물어 버릴까? 아니, 눈에 쏙 집어넣고 싶어. 아니, 아니, 키 링으로 만들어서 가방에 달고 다닐 거야. 상냥하고 귀엽고 착한 나의 이삭.

공기가 한껏 선선해져서 산뜻한 기분이 들던 날이었다. 교실까지 걸어가며 우리는 유난히 많이 웃었다. 웃을 일이 있었나. 잘 모르겠다. 어떤 기분일 때 웃는 건지 기억도 가물가물해. 하지만 그때는 웃었다. 확실히. 속도 없이. 그날이 우리가 함께 등교한 마지막 날이 될 줄은 모르고, 그저 좋아서 마냥 좋아만 했다. 2023년 9월이었다.

마음이야 어떠했든 간에, 나와 이삭은 그날도 조용히 보냈다. 함께 듣는 수업이 있으면 나란히 앉고 따로 들어야 하는 수업이 있으면 별말 없이 흩어졌다가 점심시간에 마주 앉아서 밥을 먹었다. 대화도 많이 하지 않았고 특별히 어떤 표정을 짓지도 않았다. 누구도 우리 사이를 눈치채지 못하게 했다.

우리에겐 소질이 있었다. 그건 일면 즐거운 일이기도 했다. 수면 아래에서 발을 바삐 저으며 물 위에 고고히 떠 있는 새처럼, 감정을 감춘 우리의 눈동자 뒤로는 말로 다할 수 없는 마음이 들끓었다. 손가락으로 손바닥에 써서 꼭 쥐고 있다가 조심스럽게 내려놓는 마음이.

이삭은 어떨까. 때로 궁금했다. 나에 대한 마음의 부피와 온도와 질감을 그리고 무엇보다 속도를, 알고 싶었다. 그래서 때때로 불안해졌다. 누군가의 마음이 나와 같지 않을까 봐 걱정해 본 것은 처음 있는 일이었다.

내 마음을 알아준 것일까. 이삭은 점심시간의 짧은 산책 도중에 이렇게 말했다.

"내일 너 따라갈까?"

이삭이 말한 '내일'은 토요일이었다. 우리가 토요일에 만난 적은 없었다. 내가 학원에 가야 했기 때문이다. 나는 토요일마다 아침 여섯 시에 일어나 SRT를 타고 수서역에 내려서 지하철로 대치동까지 이동했다. 스터디 카페에서 남은 숙제를 하고 너무 배부르지 않을 만큼만 밥을 먹은 뒤, 밤 열 시까지 학원 세 곳을 돌며 수업을 듣고 막차를 타고 집에 돌아왔다. 가끔 이삭에게서 카톡이 오긴 했지만 대화가 길게 이어지지는 않았다. 괜찮다고 생각했는데, 알게 모르게 아쉬워하고 있었나 보다.

"기차에 자리 없을 텐데?"

나는 기대와 염려가 한데 섞인 대답을 했다. 이삭은 스마트폰 화면을 보여 줬다. 승차권이었다. 나와는 다른 칸이긴 했지만 같은 시간에 같은 역으로 가는 표가 확실했다.

문득 어릴 적 할아버지와 봤던 미식축구 경기의 한 장면이 떠올랐다. 경기 종료 직전, 다른 선수들에 비해 몸집이 확연히 작은 쿼터백이 상대편 진영의 깊숙한 곳을 향해 공을 던졌다. 레이저처럼 날아간 공은 최전방에서 펄쩍 뛰어오른 러닝 백의 손에 자석처럼 붙었다. 역전 터치다운. 경기는 그대로 종료됐다.

"가지 말까?"

이삭이 말했다. 잠시 이삭 앞을 떠났던 생각이 제자리로 돌아왔다. 나는 얼른 대답했다.

"아니야, 같이 가."

말하고 나니 마음이 벅찼다. 이삭이 던진 공을 내가 받을 수 있을까? 더 빨리 달려야 해. 더 높이 뛰어야 해. 몸이 근질거렸다. 얼른 내일이 왔으면, 하고 바랐다.

그날 밤은 아주 푹 잤다. 고등학생이 되고서, 아니, 초등학교를 졸업한 뒤로, 아니, 어쩌면 다른 아이들과 단체 생활을 시작한 이후로 그렇게 깊은 잠을 잔 건 처음이었던 것 같다. 이삭을 생각하니, 이삭과의 토요일을 상상하니 불안하지 않았다. 나는 아주 쉽게 잠들었고 꿈도 꾸지 않았다.

기차역에는 내가 먼저 도착했다. 이삭은 출발 시간 오 분 전에 왔다. 주말에 일찍 일어나는 게 익숙지 않아서인지 덜 마른 머리카락이 헝클어져 있었다. 안경 렌즈에는 미처 닦지 못한 지문 자국이 보였다. 그 안경을 손수 벗겨서 주머니 속의 극세사 천으로 닦아 주는 내 모습을 떠올려 봤다. 그렇게 해도 될 것 같았다. 여기에 우리를 아는 사람은 아무도 없어. 하지만 이삭은 얼른 기차에 타야 한다며 서둘렀다.

"서울에서 봐."

내가 대답할 틈도 주지 않았다. 이삭은 4번 칸으로 휙 사라졌고,

나는 2번 칸에 탔다.

기차는 지체 없이 출발했다. 나는 유튜브 쇼츠만 계속 넘겼다. 책을 읽거나 국어 문법 규칙을 암기하는 생산적인 일은 하지 않았다. 그냥 멍하니 스마트폰 화면만 들여다봤다. 그러다 터널을 지날 때 차창으로 잠깐 내 얼굴을 보았다. 보고 싶지 않은 표정을 짓고 있어서 눈을 감았다.

깜빡 잠이 들었다. 지난밤에 잠시 잊었던 불안들이 꿈속을 채웠다. 길고 습한 잠을 잔 것처럼 혼곤하게 깼다. 기차가 수서역 플랫폼에 천천히 멈추었다. 이번에는 이삭이 먼저 내려서 나를 기다리고 있었다. 이삭은 웃으면서 내게 다가왔다. 그리고 나의 기대를 아득히 벗어난 말을 했다.

"학원 언제 끝나?"

잠시 멍하니 서 있었다. 나 학원 가는 거야? 너랑 같이 있는 게 아니고? 이삭은 가만히 내 대답을 기다렸다.

"……열 시."

생각보다 늦네. 이삭의 혼잣말. 나는 말문이 막혀 버렸다.

나 오늘 학원 안 갈 거야. 공부도 안 할 거야. 그러니까 같이 있자. 같이 놀자.

그런 말들은 목구멍에서만 오르락내리락할 뿐이었다. 어려울 것도 복잡할 것도 없는 말들. 하지만 못 했다. 대치역 3번 출구에 도착할 때까지, 이삭이 사 준 콩나물국밥을 먹고 헤어질 때까지,

하고 싶은 말은 하나도 하지 못했다. 바보처럼. 이삭이 뭘 하면서 하루를 보낼 건지 묻고—서울에서만 볼 수 있는 영화를 보고 미술관을 가고 또 다른 것들을 할 거라 했다—재밌겠네, 좋겠네, 했다. 바보, 등신처럼.

참는 데에도 한계가 있다고.
그렇게 생각한 건 두 번째 학원 수업이 끝난 오후 여섯 시였다. 이대로 있다가는 내가 어떻게 돼 버릴 것 같았다. 머리카락을 다 쥐어뜯든 소리를 지르고 기절을 하든.
이삭에게 전화를 걸었다. 이삭은 조금 놀란 목소리로 전화를 받았다.
"어떻게 벌써……?"
"시끄럽고! 어디야, 지금!"
이삭은 한강에 있다고 했다. 강 구경을 하면서 라면을 먹으려고 했다는 거였다. 나도 해 보고 싶었던 일이었다. 대학에 가면 꼭 해 봐야지, 하고 마음먹은 일 중 하나, 매주 서울을 오가면서도 한 번도 하지 못했던 일 중 하나였다. 그걸 이삭이 하고 있었다. 내게는 어려운 것들을 쉽게 해내는 이삭이 부러웠다.
전화를 끊고 잠실 한강 공원까지 가는 길을 검색했다. 지하철과 도보 이동 시간을 합쳐 사십 분이 걸린다고 나왔다. 평소라면 멀다고 망설였을 거리였지만 단숨에 갔다. 이삭을 향한 복잡한 마음과 생각이 머리를 덮혀서 정수리에 냄비를 올리면 바위도 녹일 수 있을 것 같았다. 이삭을 만나면 한바탕 쏟아부을 생각이었다. 나중에 후회하게 될지언정, 몽땅 쏟아 내야 머리가 식을 테니까.

하지만 막상 이삭의 얼굴을 보니, 아니, 멀리서 이삭을 발견한 순간부터 웃음이 새어 나왔다. 어디서 구했는지 돗자리까지 펴 놓고선 그 위에 책상다리를 하고 앉아 한강을 바라보는 옆모습이 예뻤다. 몹시도 고왔다. 그리고 어딘지 모르게 짠했다. 이삭은 내가 가까이 가서 어깨를 두드릴 때까지도 생각에 잠긴 얼굴로 강물만 바라보고 있었고, 나를 보자마자 만면에 미소를 띠었다.

"네가 온다고 하니까 너무 좋았어."

꾸밈없는 말, 거짓 없는 목소리. 이 아이는 왜 이렇게 맑은가.

"그럼 처음부터 같이 있었으면 좋았잖아. 학원은 왜 가라고 했어?"

이삭은 억울해했다.

"그야 내가 마음대로 따라온 거니까. 공부하는 거 방해하면 안 되잖아. 학원비가 한두 푼도 아니고······."

나는 더 듣지 않고 이삭의 이름을 불렀다.

"이삭아."

"······."

"나한테 조심하지 마. 조심 좀 그만해. 오늘은 진짜 무조건 조심 금지야!"

이상한 말이었다. 이삭이 소리 내어 웃었다. 나도 질세라 더 크게 웃었다. 바람이 불었다. 가을이구나. 여름이 끝났구나.

우리는 같이 라면을 먹었다. 저녁을 지나 밤이 될 때까지 돗자리에 앉아 있었다. 우리와 우리의 시간에 대한 이야기를 조심성 없이 했다. 해도 해도 끝이 없고, 끝 모르게 즐거운 이야기를 하다가 입술도 두 번 맞추었다.

집으로 돌아오는 기차에서 우리 둘은 나란히 앉았다. 분명 매진이었는데 어째서인지 내 옆자리가 비어 있었다. 그 자리에 이삭이 앉았다. 의미 부여 같은 유치한 일 따위 하지 않으려고 했지만, 운명이나 계시 같은 단어가 떠오르는 걸 막을 수는 없었다.

우리는 아무 말도 하지 않았다. 밤 기차의 노곤한 피로 속에 잠겨 가만히, 그대로 있었다. 역 앞에서 헤어지며 잘 가, 짤막하게 나눈 인사가 전부였다. 서울로 올라가던 아침과는 다른 종류의 침묵이었다. 세 시간 남짓 나눈 대화와 입맞춤, 그러니까 우리가 입으로 주고받은 모든 것을 잃고 싶지 않아서, 우리를 지켜 내고 싶어서 힘써 일으킨 침묵이었다.

집에 도착해서 씻고 누웠을 때 세계는 이미 일요일이었다. 스마트폰 메모장을 열고 토요일의 일들을 기록해 보려 했으나 잘되지 않았다. 익숙하지 않은 마음 앞에서 나의 언어가 얼마나 빈약한지만 알게 되었다. 매일 들여다보는 책들 속에는 활자가 있을 따름,

말이라고 할 만한 건 없었구나. 아침에 일어나면 이삭에게 말해 줄 가장 정확하고 간결하며 아름다운 문장을 찾아내야지. 오늘 하루는 그 일을 하면서 보내야지. 그렇게 마음먹었다.

그리고 내겐 단도직입(單刀直入)의 문장 하나가 생겼다. 이제 우리 사이에 대한 정의가 끝났다. 증명이 완료되었다. 이삭도 동의할 것이라 확신했다. 이삭에게서는 어떤 연락도 오지 않았고 나도 하지 않았지만, 불안하지도 두렵지도 않았다. 침묵 속에서 보낸 일주일의 마지막 날은 태어나서 처음 보는 황홀한 노을과 함께 저물었다. 월요일이 오는 게 조금도 싫지 않았다.

나의 증명은 확인받지 못했다. 이삭이 등교하지 않았기 때문이다. 나는 교문 앞에 서서 이삭을 기다렸다. 우두커니 서 있는 나를 아이들 몇몇이 힐끗거리며 지나갔다. 생활 지도를 하던 선생님이 내게 다가왔다. 듣고 있던 노래가 흐르지 않는다는 걸 그제야 깨달았다. 스마트폰을 보니 전원이 꺼져 있었다. 밤새 충전을 해 두었는데도 그랬다. 한 발짝만 내딛으면 교문을 지날 수 있는데, 발이 떨어지지 않았다.

빅 립(Big Rip). 대파열에 의한 우주 멸망. 진지한 얼굴로 그 단어의 뜻을 설명하던 어느 날의 이삭. 그 모습이 눈앞에 보이는 것 같았지만, 이삭은 끝내 나타나지 않았다. 나는 학교의 안과 밖 사이의 찢어진 틈 사이에 섰다.

그날은 결국 교문 앞에서 지각을 했다.

그 후 열흘이 어떻게 지나갔는지 나는 정확히 기억하지 못한다. 무슨 일이 일어났는지 나열할 수는 있지만, 순서가 맞는지는 확신할 수 없다. 그 일들을 겪으면서 내가 어떤 마음이었는지도 잘 모르겠다. 화를 냈겠지. 좌절도 했겠지. 비참했겠지. 무력감을 느꼈겠지. 다 모르겠다. 단 하나 분명히 기억하는 건, 죽고 싶었다는 사실이다.

내가 나와 이삭을 생각하는 것만으로 바빴던 일요일, 아이들 사이에서는 일 분 남짓의 동영상 하나가 떠돌았다 나와 이삭이 입을 맞추는 영상이었다. 월요일에는 이미 알 만한 사람은 다 알고 있었다.

그리고 그 동영상을 본 사람 중에는 이삭의 아버지도 있었다. 그가 어떻게 그것을 봤는지에 대해 여러 소문이 돌았으나 확실한 것은 없었다. 가장 믿고 싶지 않았던 소문은 그가 이삭을 마구 때린 뒤 집에 가두었다는 이야기였다.

이삭은 영상이 퍼진 지 열흘 만에 학교를 떠났고, 나는 홀로 남겨졌다. 이삭이 전학을 간 것인지 아예 자퇴를 한 것인지조차 알 수 없었다. 이삭의 전화번호는 없는 번호가 되었다.

이삭이 이른 아침 학교에 들러 짐을 챙겨 갔다는 이야기도, 그 때 이삭의 머리카락이 승려처럼 짧았다는 이야기도 그저 전해 들었을 뿐이었다. 그러므로 이삭의 아버지가 편향적인 정치 성향을 가진 유튜버의 열렬한 구독자라는 것도, 집안보다는 나라 걱정을 더 하고 이삭보다는 세상을 더 염려하는 사람이라는 것도, 이삭의 집안이 이 상황을 무마할 능력을 갖고 있지 않다는 것도, 다시 말해서 나와 이삭의 백그라운드가 아주 많이 다르다는 것도, 그저 소문일 따름이었다.

그러나 잘 짜깁기된 소문들은 진실의 외피를 뒤집어쓰고 돌아다녔다. 적지 않은 눈들이 나를 벌레 보듯이 봤고, 개중에는 "전교 일등이 나락 갔다"라며 즐거워하는 애들도 있었다.

아이들은 또 다른 당사자인 내게 뭔가 특별한 이야기를 기대하는 것 같았다. 물론 직접 묻는 사람은 없었다. 아무도 나에게 말을 걸지 않았다. 설사 누군가가 물었다 해도 해 줄 말은 없었다. 엄밀히 말해, 나는 당사자일 수 없었으니까.

내게는 놀랍도록 아무 일도 일어나지 않았다. 나는 그저 자책만 하면 됐다. 왜 그랬을까. 주말마다 서울로 올라가는 애가 나 말고도 많다는 걸, 그중 한 명쯤은 같은 시간에 한강에 있을 수도 있다는 걸 왜 생각하지 못했을까. 왜 조심하지 않았을까. 왜 우리를 지키는 노력을 게을리했을까. 그런 생각만 하면 됐다. 그건 힘든 일도 어려운 일도 아니었다.

이삭이 더는 우리 학교 학생이 아니게 된 다음 날, 담임과 짤막

한 상담을 했다. 내가 그 일과 관련해 맞닥뜨려야 했던 공식적인 불편은 그것뿐이었다.

"마음고생 많았지? 일은 잘 정리됐으니까 걱정 말고."

정리? 영상 유포자를 잡아다가 내게 사과를 시킨 것을 말하는 걸까. 이삭을 학교에서 몰아낸 것을 말하는 걸까. 그게 아니면, 이제 그 일에 대해서 아무도 이야기하지 못하도록 입단속을 했다는 걸까.

나는 어떤 대답도 하지 못했다. 죄송하다는 말이나 감사하다는 말을 해야 했는지도 모른다. 하지만 그 말이라면 부모님이 벌써 했을 것이다.

담임은 바라던 대답이 없었다는 듯이 곧장 종이 한 장을 내밀었다. 종례 때 교실에서 나눠 주려고 했다는 9월 모의고사 성적표였다. 굳이 내 성적표만 먼저 준 것이다.

또 일등이었다. 의대나 가 볼까, 라고 생각한 이후로 줄곧 내 것이었던 자리. 중학생 시절에 공부로 난다 긴다 했던 애들이 모인 학교에서 지켜 낸 자리.

담임, 아니, 학교는 내가 필요한 모양이었다. 비로소 알았다. 내가 왜 당사자일 수 없었는지. 나는 당사자여서는 안 됐다.

복도에서 성적표를 북북 찢어 교실 쓰레기통에 버렸다.

그날 오후, 내 책상에 화관이 놓였다. 학교의 전통 때문이었다. 9월 모의고사 성적표가 나오는 날 석식 시간에는 2학년 전교 일등이 3학년 전교 일등의 머리에 화관을 씌워 주는 행사가 있다. 수능 전에 치르는 마지막 평가원 모의고사의 일등들이 주고받는 응원, 염원, 기원······. 다 징그럽다는 생각이 들었다. 교실 공용 물품함에서 가위를 꺼내 화관을 싹둑 잘랐다. 헉, 하는 소리도 들렸고 오— 하는 소리도 들렸다.

청소 시간에 3학년 교실로 끌려가 누군지도 모르는 선배들에게 따귀를 몇 대 맞았다. 아프지 않았다. 시시했고, 지겨웠다. 그게 내가 겪은 비공식적인 불편이었다.

여기까지가 우리의 전부이자 전말. 하지만 그 뒤로도 우리에게는 각자의 시간이 흘렀다. 이삭은 떠났고, 사라졌고, 없어졌다. 나는 곪고, 뭉개지고, 바스라졌다.

3

이삭이 알려준 계획의 이름은,

831 8, My Snowman.

암전. 칠흑 같은 어둠. 긴 잠.
이곳에서의 내 시간은 조용하게 흘러갔어.

아폴로 9호에 탑승한 우주 비행사 러셀 슈와이카트는 이런 말을 했다고 한다. 우주를 체험한 뒤에는 전과 똑같은 인간일 수 없다. 그리고 안현미 시인은 슈와이카트의 문장을 받아서 이렇게 고쳐 썼다.

사랑을 체험한 뒤에는 전과 똑같은 인간일 수 없다!

이삭이 현대 문학 감상 발표 때 알려 준 문장이었다. 장마철이었으나 반짝 맑았던 어느 하루. 이삭은 나를 보고 나는 이삭을 보며, 이삭이 읊고 내가 들었다.

그리고 이삭을 잃은 뒤, 나도 그 문장을 고쳐 쓴다.

사랑을 빼앗긴 뒤에는 전과 똑같은 우주에서 살 수 없다!

달라진 우주에서 일 년을 보냈다. 조용했다, 나의 일 년도. 공부를 했고 성적을 유지했다. 간단하고 간편한 일이었다. 이삭을 잊는 일에 비하면 아무것도 아니었다.

이삭이 그리울 때면 하늘을 봤다. 낮보다는 밤이 좋았다. 이삭과 내가 볼 수 있는 똑같은 풍경, 깜깜한 밤하늘.

유치하고 우습고 비논리적인 일을 해야 마음이 조금이나마 놓였다. 사랑의 구조를 닮은 생각. 세계가, 우주가 엉망진창이 되어 이대로 망해 버렸으면 좋겠다고 매일 기도했다.

그리고 이삭은 어떻게 하면 나의 기도가 이루어질 수 있는지 알아냈다. 그것을 편지에 꼼꼼히 적어 보내 주었다. 머나먼 그곳에서 응답해 주었다.

우리가 이 세계를 끝내는 거야. 우주 종말 가설 중 우리가 가장 좋아했던 '그 방법'으로.

 서늘한 복도를 지나 교실에 도착했다. 책상 고리에 가방을 걸고 앉아 심호흡을 한 번 했다. 고개를 돌려 주위를 살폈다. 이삭은 보이지 않았다. 하지만 나는 안다, 이삭이 곁에 와 있다는 것을. 굳이 확인하지 않아도 된다. 어차피 이 세계의 과학으로는 이해할 수 없는 방식일 것이다. 의심은 금물. 믿는 만큼 이루어지리라.
 우주의 법칙을 번역할 수 있는 유일한 언어는 수(數)라고, 이삭은 말했다. 우리는 그것에 기대기로 했다. 지극히 과학적인 방법의 종말 의식이었다.
 모의고사 날의 내 자리는 창가 쪽 세 번째 책상. 계획의 첫 단계를 수행하기에 더없이 좋은 자리였다. 나는 한 번 더 심호흡을 하면서 책상에 시선을 고정했다. 손바닥만 한 조각 빛이 책상 가운데에 떨어졌다. 그 위에 두 손바닥을 펼쳐서 올려놓았다. 겨울날 난로 가까이에 다가간 것처럼 손끝이 간질간질하면서 따뜻해졌다.
 빛은 이내 물러났다. 교실은 전등을 켜지 않으면 늦은 저녁이라고 해도 믿을 정도로 어두웠다. 손바닥에 앉은 온기가 사라지지 않도록 두 손을 꼭 맞잡고 자리에서 일어섰다. 지각생도 결석생도 없었다.
 아주 잠깐, 마음과 머리를 어지럽히는 생각이 스쳤다. 목구멍에서 배꼽으로 자갈 하나가 굴러 내려가는 느낌이 들었다.

오늘, 너희는, 우리와.

미완성의 문장이 떠올랐다. 세 번째 심호흡을 했다. 블라인드 틈으로 보이는 운동장 한가운데로 작고 하얗고 동그란 것 하나가 일직선으로 떨어지고 있었다. 이삭아, 우리는 참으로 이기적이구나.

직면은 필연. 이건 '나'에게 일어난 일이 아니지.
'우리'에게 일어난 일이었어.
그리고 우리가 함께라면, 소수를 사용해야지.
역시 소수가 열쇠였어!

소수. 약수가 1과 자기 자신뿐인 자연수. Prime number. 素數.

우리 둘의 사이가 소수의 성질을 닮았다고, 이삭이 말한 적이 있다. 하지만 나는 소수를 '적은 가짓수(小數)'라는 의미로 알아들었다. 왜 굳이 그런 얘기를……. 순식간에 슬퍼졌다. 이삭 앞에서는 감정을 가둬 두는 벽이 자꾸 무너졌다. 어떤 기분도 다 티가 났다. 아니, 티를 냈지.

이삭은 드물게 허둥댔다. 자신의 마음을 보여 주는 일이 실패로 돌아가서였을 것이다.

아, 수학을 사랑하는 이삭에게 소수란…….

한발 늦게 깨달은 나는 실망으로 조각난 이삭의 마음을 붙여 놓기 위해 얼른 사과했다. 너는 나의 1이고, 나는 너의 1이야. 그게 너무 기뻐. 그렇게 말해 줘서 고마워. 이삭은 짐짓 다른 곳을 보면서, 마음이 완전히 풀리지 않은 척하면서 대답했다.
"이 세상 모든 비밀이 소수에 담겨 있다고."
그렇게 말하던 이삭은 내가 기억하는 가장 귀여운 이삭. 이삭을 다시 만날 수 없다면 가장 오래 기억에 남을 장면.
그리고 절대 잊지 않을 사실. 우리 둘은 서로의 약수, 우리가 나눠 가진 마음은 프라임 넘버.
그러므로 계획의 다음 단계는 따뜻해진 손으로 3번, 5번, 7번, 11번, 13번, 17번, 19번, 23번과 악수하는 일이었다. 그 애들은 난데없이 손을 내미는 나를 보고 당황했지만, 기운 좀 나눠 가지려고, 라는 내 말에 순순히 손을 내주었다. 모의고사 날이니 내가 건네는 기운을 마다할 이유가 없겠지. 그리하여 완성되었다. 소수의 집합체가.

이것도 일종의 해킹이니까, 순순히 되진 않았어.
방해가 대단했지.
온몸의 피가 바글바글 끓는 것 같았어.
맨몸으로 우주에 던져진 것처럼.

1교시 국어 영역 예비령이 울리고 감독 선생님이 들어왔다. 작년 담임이었다. 그는 셔츠 앞섶을 연신 펄럭였다.

"왜 이렇게 한여름 같지?"

아무도 대답하지 않았다. 아이들은 책상 위에 사인펜, 샤프, 지우개만 올려놓고 똑같은 표정으로 앉아 있었다. 잘 길들인 개처럼 시험지만 기다렸다. 아이들의 이마에도 땀이 송골송골 맺혔다.

기분 탓은 아니었다. 시험 시작 시간에 가까워질수록 교실이 조금씩 더워지고 있다는 걸 확실히 느낄 수 있었다. 이미 일반적인 9월 초순의 기온을 넘어선 상태였다. 스마트 기기를 모두 제출한 아이들은 영문도 모른 채 땀만 삐질삐질 흘렸다.

정말 그렇네. 만만치 않아. 저항이 상당해. 하지만 걱정도 금물. 결국은 우리가 이겨.

우리는,

나와 이삭. 이삭과 나.

그 사이에 누구도 끼워 주지 않아.

숨어서 그랬지. 그리면서 바랐지, 수많은 밤을.
우리의 밤, 우리가 가졌던 밤, 우리가 가질 수 있었던 모든 밤.

시험이 시작되었다. 나는 그 어느 때보다 집중해서 한 문제씩 풀어 나갔다.

답안지에 마킹하는 번호 하나하나가 쌓이면 이삭이 찾아낸 일

프리즈! 113

련의 코드가 된다. 규칙은 단순했다. 정답을 찾을 것. 그 번호에 1을 더할 것. 1번이면 2번을, 2번이면 3번을, 3번이면 4번을, 4번이면 5번을, 5번이면 1번을 마킹하면 되었다.

답안지에 아름다운 곡선이 그려졌다. 나와 손잡은 소수 집합체의 답안지에도 똑같은 선이 완성되는 중이었다.

시계를 확인하고 종료 육 분 육 초 전에 일부러 마지막까지 남겨 두었던 6번 문제의 답을 마킹했다. 가볍게 어깨와 목을 스트레칭하는 척 13번 아이를 살폈다. 그 아이는 이미 답안 작성을 마치고 정면을 응시하고 있었다. 두 손은 무릎에, 허리를 꼿꼿이 세우고. 나도 같은 자세를 하고 깊게 숨을 들이쉰 다음 천천히 뱉었다. 교실 곳곳에서 비슷한 숨소리가 들렸다.

꿈이었을까?
우리는 꽁꽁 얼어붙은 수억 개의 은하를 떠돌았어.

1교시 쉬는 시간이 되자 하늘이 조금 흐려졌다. 기온도 떨어졌다. 이제 땀을 흘리는 사람은 없었다. 몇몇 아이들은 가방에 넣어 두었던 담요를 꺼내 둘렀다. 에어컨을 켜 놓을지 말지를 두고 의견이 오갔다. 나는 아이들의 반응을 보면서 안심했다. 계획대로 되고 있다. 얼고 있어! 얼어 가고 있어! 그렇지?

이삭은 쉬는 시간에 지켜야 할 규칙도 알려 주었다. 절대 교실

밖으로 나가지 말 것.

　화장실도 갈 수 없었으므로 혹시나 하는 마음에 물 한 모금도 마시지 않았다. 갈 수 없으니 가고 싶고, 마실 수 없으니 마시고 싶었다. 하지만 견디는 일이 어렵진 않았다. 보고 싶어도 볼 수 없었던 날들보다는 나았다.

　점심도 굶었다. 수양과 구도의 자세라고 할까. 오전을 보내는 동안 나는 경건해졌다. 바람에도 흔들리지 않고 빗물에도 젖지 않는 마음을 가질 것. 텅 빈 교실의 공기는 생각보다 무거웠다. 그 무게가 마음에 들었다.

　당신을 만나 다시 태어난 것 같아요.

　이삭이 종종 흥얼거리던 노래가 귓가에 맴돌았다. 교실 스피커로 나를 찾는다는 방송이 나왔지만 나는 꿈쩍 않고 노래를 불렀다. 거짓말이야. 현실이 아니야. 교실 밖으로 나가선 안 돼!

　노랫소리가 나도 모르게 점점 커졌다. 다섯 번쯤 불렀을 때 누군가가 내 어깨를 흔들었다. 뒷자리에 앉은 애였다.

　"예비령 울렸어."

　다른 애들도 나를 쳐다보고 있었다. 변명이나 사과를 할 마음은 없었다. 노래를 멈추고 자세를 고쳐 앉았다.

　"담임이 너 찾던데."

　뒷자리 애가 말했다. 거짓말. 또 거짓말.

이제 우리를 막을 수 있는 것은 없어.
우리의 수열과 행렬로 끝을 보자.
고장 난 문제들이 보여도 놀라지 마. 끝까지 나를 믿어야 해.

쉽지 않아. 방해가 만만치가 않아. 다 네 말대로야.

4교시 탐구 영역 시험을 보며 이삭의 편지를 곱씹었다. 오류가 있는 문항을 두 개 발견했다. 화학 18번과 생명 과학 19번이었다. 한 문제는 정답이 없었고 한 문제는 모두 정답이었다.

눈을 감고 교실의 분위기를 살폈다. 시험이 끝을 향해 갈수록 내 감각은 극도로 예민해졌다. 다른 아이들의 사소한 반응 하나하나가 눈과 귀에 감지되었다. 명백한 오류를 본 아이들이 여럿일 텐데도 특별한 움직임이 없었다. 그러므로 이건 우리에게만 주어진 오류. 오류를 긍정하고 포용하는 자세로, 두 문항 모두 4번에 마킹했다.

그리고 그때,

'좋아.'

드디어 들렸다. 꿈에서라도 듣고 싶었던 중저음. 이삭의 목소리였다. 틀림없었다. 울음이 왈칵 차올랐다. 책상에 엎드려 숨을 꾹꾹 누르며 참았다.

'울지 마. 다 왔어.'

착각이 아니었다. 목소리는 마치 곁에서 말하는 것처럼 또렷했다. 울긴 누가 울어, 이렇게 기쁜 날에. 감정을 추스르고 다시 허리를 꼿꼿이 세웠다.

'준비됐어?'

내가 물었다.

'준비됐어.'

이삭이 대답했다.

우리의 사랑은 콜드슬립. 사랑을 박탈한 세계는, Big Freeze!

4교시 종료령이 울렸다. 이제 모든 것이 끝나길 기다리기만 하면 돼. 세계는 오후 네 시 삼십칠 분이라고 믿기 힘들 만큼 캄캄했다. 밤보다 더 진한 어둠이 오고 있었다. 전등이 일제히 꺼졌다. 어둠 속에서 쩍, 하고 갈라지는 소리와 꽝, 하고 울리는 소리가 들렸다. 손에 닿는 모든 것이 얼음처럼 차가웠다. 손끝과 발끝부터 심장을 향해 올라오는 지독한 한기. 해냈다. 우리의 사랑을 지켜냈다.

눈을 감고 이삭에게 물었다.

이건 끝이야? 시작이야?

그런 건 중요하지 않아. 우리에게 중요한 건······.

안녕(安寧).

아무 탈 없이 편안함.

아름다운 말이었지.

다음 우주에서 기다릴게.

안녕.

---

*이 소설의 BGM은 다음과 같다.
〈비밀의 화원〉(이상은), 〈Aqua〉(사카모토 류이치), 〈My Love Mine All Mine〉(Mitski), 〈831 8〉(J), 〈Snowman〉(Sia), 〈도망가자〉(선우정아), 〈애인 발견!!!〉(자우림), 〈사랑이라는 이름의 용기〉(S.E.S.), 〈When the Sun Goes Down〉(Cassandra Wilson), 〈내 곁에서 떠나가지 말아요〉(빛과 소금).

작가의 말

열여덟 살 때의 일입니다. 학교 테니스장에 벚꽃잎이 내리던 날이었습니다. 동아리 활동 때문이었는지 좋아하던 농구를 하느라 그랬는지, 저는 저녁밥을 거른 채 야간 자율 학습을 시작했습니다.

괜찮을 줄 알았는데 그럴 리 없었고, 야자 1교시가 끝날 즈음에는 정신이 혼미해질 지경이 되었습니다. 학교 매점도 문을 닫은 시각, 시내버스 종점 옆이었던 학교 근처에 뭔가를 먹을 수 있는 곳은 낡은 중화요릿집 한 곳뿐이었습니다. 쉬는 시간은 이십 분, 학교에서 식당까지의 거리는 전력 질주로 왕복 십 분, 짜장면을 주문하고 먹는 데 십 분. 이렇게 계산하고 종이 치자마자 미친 듯이 달렸습니다.

그때 저와 중화요릿집에 같이 가 준 친구가 있었습니다. 단무

지와 양파에 식초까지 뿌려 주었던 그 아이는 급식을 잘 먹은 상태였습니다. 그러니까, 그냥 따라와 준 것이었죠. 숨도 안 쉬고 짜장면을 삼키는 저에게 잘한다, 잘한다, 박수를 쳐 주던 그 친구와는 절친한 사이가 되었습니다.

사실 한 학년 내내, 저의 모의고사 석차는 그 친구의 바로 뒤에 자리를 잡았습니다. 그 사이에 다른 아이가 끼어든 적은 한 번도 없었어요.

하지만 친하게 지냈습니다. 변화무쌍한 교우 관계의 흐름 속에서도 둘이서 뭔가를 했던 기억이 많습니다. 밥 먹고, 이를 닦고, 농담을 하고, 서로의 취미를 들여다보다가 가끔 어색해지고, 이내 다시 가까워지다 보면 모의고사를 치렀습니다. 저는 또 그 친구의 뒤에 서 있었고요. 별수 있나요. 가끔 질투도 했습니다.

그러다 생각을 해 본 것입니다. 내가 매번 친구의 꽁무니만 따라다니는 점수를 받을 걸 미리 알았다면, 우리 사이는 어땠을까? 나는 이 아이를 어떻게 대했을까? 그리고 곧바로 어리석은 질문이라는 걸 알았습니다. 숫자로 환원할 수 없는 뭔가가 세계에 가득하다는 걸 새삼 깨닫게 되었고요. 당연한 것을 왜 잊고 있었는지 의아하기도 했습니다.

시험이 끝나면 답을 맞혀 보러 다가갔던 저에게 오늘은 시험지 뒷면에 뭘 그리고 적었는지 묻던 그 친구를 자주 생각하며 「프리즈!」를 썼습니다. 꽁꽁 얼려서 보관하고 싶은 마음들, 그렇게 해야만 안전해지는 순간들. 우주의 종말이 와도 그런 것들은 남지 않을까요? 그랬으면 좋겠습니다.

좀 더 살아 보고 말할게요

박민정

박민정

문예창작과 문화연구를 공부했고, 소설집 『아내들의 학교』『바비의 분위기』 등과 장편 소설 『미스 플라이트』『백년해로외전』 등을 썼다.

엄마는 나이에 비해서도 너무 늙었다. 어떻게 SNS 계정이 하나도 없을 수가 있나. 남들 보라고 만든 계정이 없는 건 이해할 수 있는데, 아예 SNS에 접속하는 방법을 몰라서 물어보는 사람이다. 포스트잇에 볼펜으로 아이디를 적어서 그 아이디가 있는지 찾아 달라고 하기까지 했다. 차라리 안성 할머니가 엄마보다 인터넷 사용력이 뛰어날 것 같다는 생각이 들었다.

엄마보다 더 나이 든 엄마들도 SNS를 한다. 아이돌 댄스 챌린지 릴스를 찍어 올리고 효소 공동 구매를 하고 '오운완' 해시태그를 운동 사진 밑에 단다. 또래들끼리나 공감하고 웃어 주는 동안 비결 챌린지 따위도 한다.

그리고 엄마들은 늙어서 메타 인지가 잘 안 되는 모양인지 고등학생 딸과 자신의 겉모습에 큰 차이가 없다고 생각한다. 그래서 딸과 함께 춤을 추는 모습을 찍은 영상을 올리며 "둘 중 누가 엄마?" 같은 제목을 붙인다.

어떤 애들은 자기 엄마가 올리는 게시물이나 스토리, 심지어 남이 단 댓글에마저 꼬박꼬박 '좋아요'를 눌러야 한다고 했다. 내 친구들 엄마들은 죄다 그렇다.

다른 애들한테 말하지는 않았지만, 나는 우리 학교에 유독 그런 엄마들이 많은 이유를 알고 있다. 우리 동네가 집값이 비싸서 그렇다. 이 동네 사는 걸 티 내지 않으면 죽는 줄 아는 엄마들이라서 그렇다.

엄마는 이 동네 토박이다. 그리고 예나 지금이나 이곳이 좋은지 모르겠다고 한다. 우리 동네 최고의 자랑거리는 시그니엘과 석촌 호수인데, 엄마는 그것들이 마치 흉물인 듯 대한다. 엄마 말에 따르면 시그니엘 같은 건 "늙은이의 망령"일 뿐이다. 무슨 뜻인지 알아듣지 못했지만, 짜증 나서 더는 물어보지 않았다.

벚꽃 시즌에 석촌 호수와 롯데월드 야외를 한 프레임에 담은 사진은 가장 힙한 사진이다. 덕분에 두 곳 모두 집 근처인데도 사람이 너무 많아 못 갈 지경인데, 그런 사진이 올라온 피드를 보여줘도 엄마는 코웃음을 친다.

엄마가 고등학생일 때 석촌 호수 벚꽃 길에서 찍은 사진을 본 적이 있다. 벚꽃은 잔뜩 피어 있는데 사람이 없었다. 텅 빈 길에 엄마 혼자 서 있었다. 지금은 안성으로 이사를 간 엄마의 엄마,

안성 할머니가 찍어 준 사진이라고 했다. 몇 장 없는 그 시절 엄마 사진들이 전부 그렇듯 눈살을 가득 찌푸리고 있었다. 도수 높은 안경을 껴서 콩알만 한 눈을 한 채. 그때 안성 할머니는 엄마를 '새뱅이 눈(새우 눈)'이라고 불렀다고 한다.

엄마는 우리 학교를 졸업했다. 동네에서 가장 극성스럽게 교칙을 따지지만 주변의 내로라하는 사립 학교들에 비해 역사도 짧고 분위기도 개판인 공립 남녀 공학. 엄마가 다닐 땐 머리카락이 귀밑으로 3센티미터만큼만 내려오는 단발머리를 해야 했다고 한다. 절대로 멀쩡해 보일 수 없는 정신 나간 단발머리에 무지막지하게 두꺼운 오목 렌즈 안경을 낀 엄마는 누가 억지로 데려다 놓은 아이처럼 벚나무 밑에 우울한 얼굴로 서 있었다.

엄마는 평생 단 한 번도 멋을 부려 본 적이 없는 사람이다. 그래선지 나이 오십이 다 된 지금도 사진 속 모습과 별로 달라 보이지 않는다. 나중에 라식 수술을 해서 안경을 벗고 머리를 기르긴 했지만, 늘 겨우 세수만 하고 머리를 질끈 묶은 채로 있다. 효소 같은 걸 알기나 할까, 스킨 로션도 안 바르는 사람인데. 나도 친구들에 비하면 외적인 것에 큰 관심이 없지만, 아줌마들 중 우리 엄마 같은 사람은 못 봤다.

하지만 어릴 적 별명은 안경 때문이었던 것 같다. 사실 엄마는 예쁘게 생긴 편이다. 속쌍꺼풀이 깊은 아몬드 모양이라 눈매도 예쁘고, 코도 길고, 무엇보다 중안부가 짧다. 입술 끝과 코끝이 거의 붙을 것 같다.

 엄마 같은 얼굴이 얼마나 예쁜 건지 말해 준 적이 있는데, 엄마는 또 김빠지는 소리를 했다. 얼굴에 아몬드니 중안부니 별말을 다 갖다 붙인다고. 얼굴 평가하는 방법도 가지가지라고. 아니, 중안부라는 건 그냥 얼굴 부위 중 하나를 뜻하는 말 아닌가?

 게다가 그런 소리는 신경 쓰지 말라고까지 했다. 내가 신경을 쓴다고 한 것도 아닌데……. 하여튼 지나치게 방어적인 구석이 있다. 그저 엄마가 예쁘다고 말해 주고 싶었던 것뿐인데, 썩 좋은 반응을 얻지 못했다.

 하지만 나는 엄마가 자신이 예쁜 편이라는 걸 알고 있다고 생각한다. 그렇지 않으면 저렇게 태평할 수 없다. 평생 살이 쪄 본 적도 없고 화장을 안 해도 욕먹지 않을 만큼 괜찮게 생긴 얼굴인 걸 아니까 그대로 사는 거다. SNS에 올릴 사진을 애잔하게 고르고 있는 사람들이 갖는 절박한 불안 따위, 자긴 모르니까.

 엄마가 모르는 게 또 있다. 바로 대학에 못 가면 사람 취급을 못 받을 것 같다는 두려움이다. 엄마는 공부 못 하는 아이의 마음을 모른다. 그러니까 맨날 '어떻게 이런 것도 몰라?' 하는 표정으로 나를 쳐다보는 거다.

 물론 엄마도 수학은 어렵다고 했다. 하지만 인간이라면 국어나 영어 같은 건 당연히 잘해야 하는 거고, 우리나라 사람으로 살면서 사회를 모르는 것도 말이 안 된다고 한다.

"기본 중 기본, 고등학교에서 가르쳐 주는 건 아주 밑바닥 기본인 것들뿐이야."

그러더니 한숨을 쉬며 이렇게 덧붙였다.

"그게 얼마나 쉬운 건지 알려면 네가 지금보다 나이를 배는 더 먹어야 해."

엄마는 좋은 대학을 나왔고 석사 학위도 있으니까 그렇게 말할 수 있는 것이다. 나도 엄마처럼 말해 보고 싶다. 내가 다 해 봐서 아는데, 솔직히 나도 그렇게 잘했던 건 아니야. 열등감이라곤 없는 사람만 할 수 있는 말들.

그런 엄마는 벼락치기도 유전인 것 같다는 말을 입버릇처럼 한다. 하지만 나는 벼락치기도 못 한다. 그건 엄마랑 안성 할머니한테나 해당하는 소리다. 생각해 보면, 엄마는 나쁜 건 죄다 유전이라고 하고 좋은 건 자기만 가지고 있다고 생각하는 면이 있다.

언젠가 엄마가 '내력'이란 말을 알려 줬다. 만약에 내가 아이를 낳는다면 그 아이도 우리 집안 내력을 갖게 될까. 나도 아직 아이지만, 이상하게 자꾸 아이에 관한 생각을 하게 된다. 지금은 아이라고도 할 수 없는 아주 작은 물질일 뿐이지만.

엄마는 일할 때 마감 기한을 늘 3일씩 어긴다. 하지만 3일을 넘어가 본 적은 없다고 했다. 사실 엄마에게 일을 맡기는 사람들은 일부러 마감일을 조금 이르게 알려 주는지도 모른다. 딱 3일만 늦는 사람이니까.

두꺼운 소설을 일 년에 세네 권씩 번역하는 게 엄마의 일이다. 엄마가 '막글'이라고 표현하는 글을 쓰거나 대학에 강의를 나가기도 하지만, 가장 중요한 일은 번역이다.

일할 때마다 엄마는 하기 싫어, 하기 싫어, 중얼거리면서 결국 다 해낸다. 정말 너무 귀찮다! 하고 소리를 지른 적도 있다. 하지만 엄마의 작업 공간인 식탁에서는 무수한 결과물이 나온다. 그래서 엄마가 번역을 벼락치기 했다고 말할 때마다 박탈감이 느껴진다.

나는 시험을 준비해 본 적이 없다. 대부분의 시험을 출석만 하고 대충 때운다. 숙제를 제대로 수행해 낸 적도 없다. 엄마는 그런 나를 야단친 적이 없다. 다만 이해하지 못할 뿐이다. 그래서 정말로 측은하다는 듯 가만히 바라본다. 아예 다른 종류의 인간을 보는 것처럼.

"대학 안 가도 돼."

안성 할머니는 왜 애한테 그딴 소리를 하느냐고 했지만, 엄마는 자긴 머리가 안 되는 애를 대학에 보낼 생각이 없다고 했다. 요즈음 누가 화이트칼라를 선망하느냐고. 기술만 있으면 그만이라고. 그러더니 어떤 생각이 벼락같이 머리를 스친 것처럼 나를 노려보며 그렇게 마이스터고에 가라고 그랬는데 왜 인문계에 갔냐고 했다. 안성 할머니가 곧바로 그 말을 잘랐다.

"너도 예전에 엄마가 여상 가라고 한 걸로 평생을 원망하면서 왜 애한테 마이스터고 타령이야?"

이런 게 유전이라면 유전일까. 그럴 생각도 없는 애한테 여상 가라, 마이스터고 가라, 하는 것 말이다. 대학원까지 나올 정도로 공부를 잘했던 엄마한테 상고에 가라고 했다는 할머니도 유난이지만, 엄마가 나한테 이러는 것도 잘하는 일은 아니다. 나는 공부를 하기 싫을 뿐이지 대학에 가기 싫은 건 아니니까. 내가 마이스터고에서 배우는 것에 소질이 있었으면 진작 그쪽을 선택했겠지.

그런데 엄마는 대학엔 공부하러 가는 게 아니다, 진짜 공부에 소질이 있는지는 대학에 가고 나서 알아봐도 된다고 한 적도 있다. 사람이 앞뒤가 안 맞는 말을 너무 많이 한다. 정말로 아직도 대학에 가는 방식에 구조적인 문제가 있다고 느낀다면, 일단 나를 대학에 보내고 나서 그런 생각을 하는 게 맞지 않을까? 내가 나중에라도 공부에 취미를 붙이게 될지 모르니까 말이다.

나는 엄마가 이런 얘기를 하면서 나를 가엾다는 듯 바라보는 눈빛에 서려 있는 말을 읽을 수 있다.

이 멍청한 것.

아마 나는 엄마에게 영원히 인정받지 못할 것이다. 그래도 나는 대학에 가고 싶다. 하지만 방법은 모른다. 이런 상황에서 임신이라니.

카페 화장실에서 임신 테스트기를 해 본 날, 설마 나에게 그런 일이 생기겠어, 생각했는데 '두 줄'이 뜨고 말았다. 순간 엄마의 목소리가 귓가를 때리는 듯했다.
용케 테스트하는 방법은 알았네?

수능을 보기 전 마지막 모의고사를 보는 날이 얼마 남지 않았다. 1학년 때 모의고사 답을 전부 찍었는데, 말도 안 되게 성적이 잘 나왔던 적이 있다. 그때 엄마는 내가 고등학교에 간 기념으로 공부를 열심히 한 줄 알았다고 했다. 여태껏 안 해서 그렇지, 역시 마음만 먹으면 바로 잘해 낼 줄 알았다고. 수학이 1등급이 나왔다는 사실에 너무 흥분했는지, 평소에는 잘 쓰지도 않는 영어로 칭찬하기까지 했다.

"댓츠 마이 걸!"

엄마의 흥을 깨고 싶지 않아서 가만히 있었지만, 사실 나는 인생의 운을 한꺼번에 다 써 버렸나 싶어서 무서울 지경이었다. 수능도 아니고 모의고사 따위에 운을 써서는 안 됐다. 찍기만 했는데 1등급이 몇 개나 나오다니, 이런 행운은 복권을 긁을 때 와야 하는 건데.

당연히 그다음 모의고사부터는 공부 안 한 사람이 받을 만한 점수와 등급이 나왔다. 하지만 엄마는 내 진짜 성적에 대해서는 언급조차 하지 않았다.

이렇게, 엄마는 자기 생각이 틀릴 수도 있다는 걸 인정하기 싫어하는 사람이다. 그러나 사람이라면 당연히 삐끗하기도 한다는 것도 알고 있어서, 머릿속의 생각을 표현하지 않고 되려 말을 아끼려고 한다. 그래서 나는 엄마가 나를 지그시 바라보면 무섭다.

'한심하다. 왜 이렇게 못하냐.'

엄마의 갈색 눈동자를 보면 무슨 생각을 하고 있는지 보이니까. 게다가 자기 생각을 읽어 내고 상처받으라는 듯 일부러 힘준 눈으로 쳐다보니까.

인문계를 갔으면 대학에 가야지. 개나 소나 다 가는 그런 대학 말고, 신입생 정원 채우려고 교수들이 영업 뛰는 대학 말고, 애들 중퇴할까 봐 학기 내내 전화 걸어서 동태 확인하는 똥통 대학 말고. 적어도 엄마가 대학이라고 부를 만한 대학에 가야지. 네가 별다른 특기가 있는 것도 아니니, 수능으로 승부를 해야지. 그래 봤자 빚 많은 교수들이 단기 알바로 호텔방에 갇혀서 한참 고민해 수준 낮추고 낮춰서 낸 문제들인데, 연습하면 다 풀 수 있는 문제들인데 그까짓 게 뭐가 어려워?

엄마가 입 밖에 꺼내지 못하는 말들을, 엄마의 눈이 말한다.

대체로 엄마는 벼락치기에 들어가기 전 중병에 걸린 사람처럼 침대나 소파에 축 늘어져서 나를 빤히 바라본다. 나는 그런 엄마를 보며 생각한다. 나도 엄마처럼 마음만 먹으면 할 수 있으면 좋겠다. 아니면 차라리 시험 점수 잘 받는 방법을 때리면서 가르쳐 주면 좋겠다. 훈련받는 강아지처럼 혼나면서라도 요령을 익히고 싶다.

한번은 용기를 내서 엄마에게 부탁해 본 적이 있다.

"엄마, 수능 잘 보는 방법 좀 알려 주세요."

그때, 엄마는 미안하다고 했다.

"미안한데, 아는 거랑 가르쳐 주는 거랑은 달라. 난 너 못 가르쳐. 선생들도 못 가르쳤는데 내가 무슨 수로 너를 가르치냐."

그러고는 쿠션을 껴안고 끙 소리를 내며 내게서 돌아누웠다.

엄마가 누워 있을 때, 나는 가끔 엄마의 종아리를 슬쩍 만져 본다. 오랫동안 병상에 누워 있는 환자처럼 다리를 너무 쓰지 않아서 근육이 다 퇴화되는 건 아닐까 싶다. 게다가 다리가 가느다란 편이라서 소파에서 일어나다가 무릎이 풀썩 꺾이지는 않을까 걱정될 때도 있다.

밥도 잘 안 먹고 누워서 전자책 읽고 태블릿으로 넷플릭스 보다가 어느 순간 며칠이고 밤낮으로 앉아서 마감을 하는 엄마. 다른 엄마들처럼 댄스 챌린지 하고 호캉스 가고 헬스장 가서 운동하고 워터 파크 가고 그 모든 걸 SNS에 인증하고 '좋아요'를 누르라고 나를 압박하기를 바라진 않지만, 때론 엄마와 함께 산책을 하고 싶다. 나는 산책을 정말 좋아하기 때문이다.

엄마가 그렇게 싫어하지만 평생 벗어나지 못한 이 동네를 나는 날마다 걷는다. 걷다 보면 하남시나 작은 다리를 건너 테헤란로까지 넘어가 버릴 때도 있다. 엄마 말대로 아직 어려서 그런지, 걷는 게 힘들지 않다.

코로나 때 마스크를 쓰고 다녀야 해서 살짝 위기가 오긴 했다. 습한 여름 날씨에 마스크를 쓴 채로 오래 걷기가 힘들었다. 그러다 실외 자율 착용으로 바뀌어 마스크를 벗을 수 있게 되자, 그런 날씨도 상쾌하게 느껴졌다. 한참 걷고 땀범벅이 되어 집에 들어가면 엄마가 나를 못 말린다는 표정으로 쳐다봤다.

엄마는 어릴 적 약속을 잡을 때 늘 '트레비 분수' 앞에서 보자고 했다고 한다. 엄마가 누구랑 약속을 잡아 만나기도 했다고? 물론 엄마는 그 분수도 종종 깔봤다. 롯데 백화점과 롯데월드에 있는 모든 게 아주 키치하고 팬시하고 가짜 같다고.

'문학을 좋아하지만 제대로 알지는 못하는 부호'. 내 생각에 엄마가 가장 비웃고 싶은 사람들은 그런 사람들인데, 롯데에서 만든 모든 것이 딱 그랬다. 엄마는 롯데가 회사명마저도 소설 『젊은 베르테르의 슬픔』에 나오는 인물의 이름에서 따왔다고 알려 주었다. 뮤지컬 극장 샤롯데 시어터도 마찬가지라고 했다. 롯데 일가는 본디 일본에 뿌리를 두고 있어서, 롯데의 모든 것에는 일본식 유럽풍과 '문학 아는 척'이 뒤섞여 있다고도 했다.

"이럴 거면 차라리 행정 구역명을 롯데 1, 2, 3동으로 바꾸는 게 낫겠다."

종종 롯데 이야기 끝에 비웃듯이 이렇게 덧붙일 때도 있다.

나는 이런 이야기들을 친구들한테 해 준 적이 없다. 엄마는 지금까지 연락하며 친하게 지내는 학창 시절 친구가 없어서 모르겠지만, 그런 이야기를 하고 다녀 봐야 좋아할 사람은 없다. 그래서 뭐? 누가 물어봤어? 라고 할 게 뻔하다.

엄마는 다 가짜라고, 다 베꼈다고만 한다. 롯데의 마스코트인 로티, 로리도 디즈니 캐릭터 미키와 미니를 베낀 거라고 했다. 롯데뿐만 아니라, 이 동네뿐만 아니라 한국에 가짜가 얼마나 많은지, 그 사실에 얼마나 분통이 터지는지 항상 말하곤 한다.

그런데 나를 아주 어릴 적부터 주로 키워 준 안성 할머니는 엄마가 무슨 말을 하든 대꾸도 안 하고 가만히 있는 데 도가 튼 사람이다. 그래서인지 엄마는 누가 듣든 말든 상관없다는 듯 떠들다가도 갑자기 버럭 화를 내며 "엄마, 내 말 안 듣지!"라고 한다. 그럴 때조차 할머니는 아무런 타격도 받지 않고 그저 "어, 듣고 있어"라고 응수하곤 한다.

여름이 며칠 남지 않았다는 걸 알고 있다. 9월 모의고사가 다가오고 있으니까. 엄마 말대로 수능을 잘 보는 것 말고는 대학에 갈 다른 방법이 없다. 1학년 때처럼 행운이 쏟아질 리도 없다. 그런 행운은 다시 오지 않을 것이다. 하지만 나도, 엄마도, 할머니도 아무 대책이 없다.

건강 앱을 켰다. 빨간 하트가 반짝거렸다. 이것도 가짜일 뿐인데. 빨간 하트가 360도 회전하더니 적신호가 울렸다. 생리 주기가 두 달째 기록되지 않아서였다. 깜빡거리는 빨간 하트가 표현하는 진실이 뭔지, 나도 모르는 게 아니고.

  습도가 덜한 날이라 석촌 호수를 걷고 있었다. 날씨가 더우면 호숫가는 좀 꺼려진다. 예쁘고 힙해도 어쨌든 굴가니까. 게다가 그다지 깨끗한 물도 아니다.

  조깅하는 아저씨가 곁을 빠르게 스쳐 지나갔다. 나는 저 멀리에 있는 놀이기구를 보았다. 내가 롯데월드에서 가장 싫어하는 놀이기구다. 탑승객들을 물에 빠뜨려 버리겠다는 기세로 석촌 호수 방향으로 옆구리를 틀며 위협적으로 움직인다.

  나는 스릴을 자아내는 놀이기구를 좋아하지 않는다. 동네라 롯데월드를 밥 먹듯 가지만 주로 모노레일이나 풍선 비행, 회전목마를 탄다.

  사실은 신드바드의 모험이나 파라오의 분노 같은 '다크 라이드'가 가장 취향이다. 배나 자동차를 타고 쇼 세트를 돌아다니며 애니메트로닉스가 바보같이 뚝딱거리는 걸 구경하는 게 좋다. 하지만 내 기준에선 다크 라이드도 조금 무서워서, 즐겨 타진 않는다.

  아주 어렸을 때 엄마랑 영화 〈찰리와 초콜릿 공장〉을 몇 번이고 봤던 것이 내 인생에서 가장 행복한 기억이기 때문일까? 나는 다크 라이드를 타면 윌리 웡카의 초콜릿 공장을 견학하는 것 같은 착각에 빠진다. 파라오가 뭉개진 발음으로 알아들을 수 없는 이상한 소리를 내거나 가짜인 걸 숨기지 않는, 조악하기 짝이 없는 인형과 소품 들이 잔뜩 나오는 것도 재미있다. 엄마가 키치하고 팬시하다고 말하는 것들이 오밀조밀 모여 있는 세계. 엄마 말처럼 다 가짜로만 이뤄진 세상이란 뜻인지, 다크 라이드의 별칭은 '이츠 어 스몰 월드'라고 한다.

그리고 다크 라이드는 한 번쯤 예상치 못한 구간에서 비이클을 절벽 아래로 뚝 떨어뜨리는 것 같은 느낌을 주곤 한다. 그럴 때면 마치 찰리와 그 친구들처럼 안전장치도 없는 비이클을 타고 초콜릿 강을 건너는 것 같은 기묘한 기분과 스릴을 느낄 수 있다.

파라오의 분노를 처음 탔을 때, 아이라인을 과하게 칠한 두 눈으로 레이저 빔을 쏘는 황금 파라오의 거대한 면상을 보며 나는 깔깔 웃었다. 엄마는 종종 내가 가장 마음에 들었던 순간이 그때라고 말한다. 다른 애들은 다들 기겁하고 울기도 하는데, 혼자 아랑곳하지 않고 킬킬대는 내가 자기 아이라서 좋았다고. 엄마 마음에 드는 애가 돼서 나 역시 좋았는지는 잘 모르겠다.

엄마가 로알드 달이 쓴 동화를 읽어 주고 〈찰리〉 시리즈와 〈제임스와 슈퍼 복숭아〉 실사 영화를 틀어 주던 날이 나는 정말로 좋았다. 리모콘을 쥐고 소파에 맥없이 누워 있는 엄마에게 간절하게 "한 번만 더"라고 말하면 엄마는 귀찮다는 듯 되감기를 해 줬다. 어딘가로 떠나고 싶어 하는 아이들, 도망가고 싶어 하는 아이들을 좋아한다며 안성 할머니는 나를 놀렸다.

보고 싶은 영상들은 내 휴대폰으로도 얼마든지 볼 수 있다. 손가락으로 몇 번 터치만 하면 다시 보고 싶은 장면을 계속 돌려 볼 수도 있다. 그런데도 엄마에게 부탁해서 같은 장면을 반복해서 보는 일이 내겐 무척 신나는 일이었다. 거실 불을 다 끄고 소파에 기대앉아서 과자를 마음껏 먹으며 영화를 보던 그때가 좋았는데. 지금은 어린아이가 아니어서, 어린이 영화를 볼—엄마는 그 영화들이 사실 어린이 영화가 아니라고 하긴 했지만—나이가 아니어서 그럴 수 없다.

고작 며칠만 지나면 9월 모의고사를 봐야 한다. 그날은 9월답게 지금보다는 덜 습할 것이다. 여전히 햇볕은 쨍쨍하겠지만.

하지만 나는 아직도 국어와 영어와 사회를 어떻게 풀어야 하는지 모른다. 로알드 달의 동화가 문학 지문으로 출제된다고 해도 정답을 맞힐 자신이 없다. 아주 어릴 적부터 수없이 많이 읽어서 내용을 다 외웠는데도. 로알드 달이나 번역자는 작품에 관한 문제의 답을 맞힐 수 있을까?

수능은 아주 간단한 게임이라고, 조금만 연습하면 금방 맞춰 버릴 수 있는 퍼즐이라고 어떤 일타 강사가 말했다. 정말 그렇다면, 이 게임을 정복하지 못한 나는 결국 인생이란 숙제도 풀어 내지 못할 것 같았다. 9월도 수능도 얼마 안 남았는데 언제까지 산책만 할 거야? 라고 말해 주는 어른도 없다. 어른들이 내게 무심해서 내가 공부도 못하고 소심하게 방황하는 아이가 되었다고 탓

하려 드는 건 절대 아니다. 오히려 나는 엄마가 나를 기다려 준다고 생각한다. 조금 늦더라도 자기처럼 끝내 해내고야 말 아이라고 믿는 것이 분명하다.

롯데월드까지 걸어왔다. 이상하게 사람이 없었다. 요즘 다시 입소문을 타서 주말에는 입장객들로 붐빈다고 들었다. 그런데 토요일 낮인데도 텅 비었다. 이렇게 장사가 안 되는데 엄마가 틈만 나면 욕하는 롯데 일가는 괜찮은 건가, 하는 생각까지 들었다. 이 말을 들으면 엄마는 크게 웃을 것이다. 연예인 걱정보다 천만 배 더 쓸데없는 롯데 걱정을 해 준다면서.

입장권을 끊었다. 롯데를 욕하는 엄마도 동네에 즐비한 롯데 슈퍼에서 장을 봐야만 하고 롯데 카드를 쓰는 게 이득이기 때문에, 결국 계속 롯데를 소비해 준다. 엄마가 그러니 나도 별수 없다. 롯데 앱에서 받은 입장권 80퍼센트 할인 쿠폰을 쓰긴 했지만 그래도 비쌌다. 아무리 엄마 카드를 용돈 카드처럼 쓰는 나여도 이게 혼자 기분 내기에 너무 큰돈이라는 사실은 안다. 나중에 엄마에게 사과해야지.

롯데월드에 친구들과 놀러 온 적은 숱하게 많지만, 혼자서는 처음이다. 화장실에 들어갔다. 그리고 깜짝 놀라고 말았다. 교복을 입은 여자애가 변기 커버 위에 앉아 담배를 피우고 있었다. 문까지 활짝 열어 두고. 롯데월드에서 흡연하는 학생을 보다니. 학교에서는 많이 봤지만…….

학교에 사각지대 화장실이 있다. 한 층의 교실이 반 정도 비어 있어서 원래 아무도 출입할 이유가 없는 화장실인데, 애들이 거기서 담배를 피운다. 선생님들도 알면서 특별히 잡지 않는다. 통제가 안 되는 공간이다. 교칙도 엄격한 척하고 엄마들도 8학군 학부모 흉내를 내려고 무진 애를 쓰지만, 학교는 그렇게 굴러가고 있다.

아니나 다를까, 우리 학교 교복이었다. 나는 냉큼 돌아서 화장실에서 나가려고 했다.

"왜, 볼일 보고 가세요."

여자애가 나직한 말투로 말했다. 어깃장 놓는 말투는 아니었다. 내가 좀 만만하게 보이는 구석이 있어서 이따금 애들이 은근히 시비를 걸어오기 때문에, 그런 거라면 바로 알아채는 편이다. 오히려 담배나 한 대 같이 피우자는 듯 다정한 투였다. 하지만 나는 담배를 혐오한다. 대꾸하지 않고 다시 나가려고 하자 여자애가 한 번 더 말했다.

"나도 이제 나갈 거예요."

얼떨결에 그 애와 화장실에서 함께 나와 나란히 보폭을 맞추며 걷기 시작했다.

나는 걸음걸이가 남들보다 느리다. 산책도 아주 느리게 하는 편이다. 그러니 누군가가 나와 같은 속도로 걷는다면, 그건 대개 내게 맞춰 주는 것이다.

저 애가 왜 굳이 나와 함께 걷는지 이해할 수 없었다. 주말 한낮에 사람 없는 롯데월드에 혼자 오는 고등학생이 나 말고 또 있는 까닭도, 왜 학교가 쉬는 날 교복을 입고 있는지도 알 수 없었다. 롯데월드에서 교복이란 SNS용 사진을 찍을 때나 입는 것이다. 우리 학교 교복처럼 디자인이 별로인 건 그런 데 적합하지 않다.

그 애를 힐끗 보며 말했다.

"나는 파라오의 분노 타러 갈 거예요. 오늘은 대기가 길지 않을 것 같아서."

"그런 게 있었나?"

그 말을 하는 아이의 표정이 상당히 멍청해 보였다. 가만 보니 머리카락을 꽉 조여 맨 것도 웃겼다. 그 애에게 몇 학년이냐고 물었다.

"3학년."

너나 나나 한심하다는 얼굴로, 우린 서로를 보며 웃었다.

교복 입고 콘셉트 사진을 찍는 사람들이 가장 선호하는 놀이기구는 회전목마다. 나는 그런 이유로 회전목마를 좋아하진 않지만, 아주 어릴 때부터 목마에 앉는 순간마다 매번 설레었다. 그저 맥없이 뱅글뱅글 돌아갈 뿐인데, 음악과 빛이 설탕처럼 쏟아지는 달콤한 환상에 갇힌다.

하지만 낮에 보면 다소 초라하다. 한낮의 어드벤처는 때로 오래전에 망한 놀이공원처럼 느껴진다. 실내 어드벤처는 뭐든 밤에 봐야 빛난다.

내가 회전목마를 빤히 바라보자 그 애가 물었다.

"메리고라운드 좋아해요?"

"회전목마요?"

"네, 회전목마요. 아주 어릴 적엔 집 앞에 트럭이 왔는데. 목마 태워 주는 아저씨가 모는 트럭이요. 난 그걸 타고 싶어서 엄마를 무진 졸랐어요. 엄마는 주산 학원 숙제를 풀어야 태워 준다고 하거나, 경필 대회 연습을 몇 시간 동안 해야 태워 준다고 했어요. 날이면 날마다 오는 것도 아닌데. 뭐, 그 덕분에 지연 보상 심리가 강해졌을 수도 있지만요."

내 또래인데 지나치게 조숙해 보였다. 어려운 말을 거침없이 썼다. 주산 학원과 경필 대회와 지연 보상 같은 말이 생소했지만, 무슨 뜻이냐고 물어볼 수 없어서 알아들은 척하며 고개를 끄덕였다.

"트럭에 있는 목마는 엄마가 어렸을 때 찍은 사진에서 본 것 같아요. 난 타 본 적 없어요."

"솔직히, 이거보다 백 배는 더 신나요."

그 애가 회전목마를 손가락으로 가리키며 말했다. 당연히 과장이다. 그 작은 목마가 더 신날 리는 없다. 아마 뭔가 이유가 있겠지. 어릴 때 엄마가 롯데월드에 데려와 주지 않았다거나.

나는 담배 피우는 애들 특유의 껄렁대는 태도를 싫어하는데, 그 애와 대화하는 것은 생각보다 꽤 괜찮았다. 종종 몸이 부딪힐 때 숨결에서 풍기는 냄새도 나쁘지 않았다.

담배 피우는 애들은 보통 머리카락에 기분 나쁜 전 내가 배어 있다. 그런데 아이에게선 이상하게도 따스한 향이 풍겼다. 가끔 엄마가 서재에 켜 놓는 향초에서 나는 냄새와 비슷한 것도 같았다. 과일 향 같은 달콤함이 아니라 훨씬 묵직하고 약간 씁쌀한 느낌. 엄마는 그런 향을 선호했다.

문득 그 애에게 물었다.

"혹시 엄마가 잘해 줘요?"

"잘해 주는 엄마가 세상에 있어요?"

아이는 피식 웃으며 말했다. 왠지 마음이 놓였다. 우리 엄마도 나에게 못해 주는 건 아니지만, 결코 잘해 주는 것도 아니라서 서운할 때가 많다. 하지만 엄마는 내 서운한 마음 따위엔 관심도 없다. 세상 모든 엄마가 그런 걸까.

"우리 엄마는 딸이 서운해하고 그런 거엔 아예 관심이 없는 사람이라서."

내 마음을 읽은 듯 그 애가 말을 이었다. 어쩜 이렇게 나와 똑같은 생각을 하는 건지 신기했다.

나는 등교할 때 엄마가 배웅해 준 적이 한 번도 없다. 엄마는 자주 밤을 새서 아침에 잘 일어나지 못한다. 그런 엄마에게 다른 엄마들처럼 해 달라고 할 수는 없다. 그리고 말해 봐야 꾸중만 들을 게 뻔하다. 엄마에게 너무 많은 걸 요구한다고.

사실 맞는 소리다. 엄마가 등교하는 나를 바라봐 주지 않는다고 큰일이 나는 건 아니니까. 내가 아침에 요기할 수 있도록 땅콩버터를 발라 둔 식빵이나 삶은 달걀을 식탁에 놓아 주는 것만으로도 고마운 일이다. 엄마는 아무리 바빠도 항상 내 끼니를 챙겨 준다. 그러기 위해서 얼마나 애를 쓰는지, 나도 알고 있다.

"엄마는 늘 밥과 국과 반찬을 골고루 먹으라고 하고, 식후엔 과일까지 먹으라고 해요. 난 그게 정말 짜증 나는데."

그 애가 투덜거렸다. 배부른 소리다.

"짜증 난다니, 이해가 잘 안 되네요. 엄마가 아침부터 고생해서 차려 주는 건데."

"그거 자기만족 하려고 그러는 거예요. 난 아침 먹기 싫은데."

"그래도 끼니는 챙겨야 하잖아요."

"우린 이미 성장기 지났어요. 아침에 사과 따위에 손이 가지도 않고요. 그리고 정말 날 위해서 그러는 거라면, 잘 안 먹는다고 때리지는 말아야죠. 사과 못 먹는다고 때리는 엄마가 어디 있어요?"

"엄마가 때린다고요?"

나는 정말 깜짝 놀라서 물었다. 아이는 어깨를 한 번 으쓱하더니 말했다.

"숨으면 돼요."

"경찰에 신고할 순 없어요?"

"엄마를 경찰에 신고한다고요? 이상한 얘기네요."

생각보다 처지가 딱한 아이라는 생각이 들었다. 그러다 문득 내가 누굴 걱정하나 싶었다. 앞으로 어떻게 살아야 할지 생각하면 가만히 있어도 눈물이 핑 돈다. 나는 눈을 질끈 감고 고개를 세차게 흔들었다. 그 애가 의아하다는 듯 나를 훑어봤다.

4층에 올라가서 개별 입장권을 구매한 우린 예상대로 대기 시간 없이 파라오의 분노에 입장했다. 정말 이래도 되나 할 정도로 사람이 없었다. 그 애가 말했다. 곧 망하겠네, 이러다가. 나도 피식 웃었다. 오래 갈 거라곤 생각하지 않았어요.

그 애는 파라오의 분노라는 놀이기구가 있는지 몰랐다고 했다. 사실 롯데월드를 그렇게 좋아하지도 않는다고. 그럼 왜 왔냐고 물으니 이렇게 대답했다.

"수능을 망쳐서요. 도저히 이대로는 집에 갈 수가 없어서요."

이게 무슨 말인가 싶어서 고개를 갸우뚱했다.

"지금 8월인데, 수능을 봤다고요?"

"가짜 수능이요. 다음에 잘 보면 돼요. 11월에 보는 거요."

모의고사 이야기를 하는 건가? 8월에 가짜 수능을 본다는 말이 잘 이해되지 않았다. 게다가 같은 학교인데, 내가 아무리 시험에 관심이 없어도 모의고사를 쳤다면 모를 리가 없다. 무슨 소리를 하는 거냐고 묻고 싶었지만, 그 애의 흐리멍덩한 눈을 보니 대꾸하지 않고 넘어가는 게 나을 것 같았다.

우리는 지프 모양 비이클에 나란히 앉았다. 덜컹, 하며 기구가 출발하자 그 애가 뭐라고 중얼거렸다.

"뭐라고요?"

"〈인디아나 존스〉 같다고요."

비이클이 야외로 달려 나갔다. 천장에 달린 풍선 비행과 실내 어드벤처 전경이 내려다보였다.

"참, 이 집안은 유별나게 문학 좋아한다."

그 애가 말했다. 나는 깜짝 놀라 그 애 쪽을 쳐다봤다. 저런 말을 하는 사람은 세상에 우리 엄마밖에 없는 줄 알았는데. 문득 눈앞이 아찔해지는 것 같았다. 바닥이 너무 까마득하게 멀어 보여서 그랬는지, 그 애가 엄마같이 말해서 그랬는지 헷갈렸다.

때로는 모노레일처럼 천천히 움직이는 놀이기구를 탈 때도 무섭다. 나는 왜 롤러코스터도 타지 못할까. 그 지독한 놀이기구를 탈 줄 아는 게 차라리 낫지 않을까.

옛날에 친구가 자기 엄마가 동생을 임신한 게 너무 싫어서 같이 롤러코스터를 타러 가자고 졸랐다고 했다. 그걸 타면 엄마 뱃속의 아이가 유산될 것 같아서.

나는 그런 생각을 할 정도로 멍청하지 않다. 하지만 임신해 버릴 만큼은 멍청했던 것이다. 내가 알아서 잘했어야 했는데. 건강 앱에 생리 주기를 꼬박꼬박 기록하면 뭐 하나. 결국 이렇게 되어 버렸는데.

하루에 한 번, 빨간 하트가 움직이며 내게 경고한다. 왜 생리하지 않느냐고. 내 생리 주기를 수집해서 나를 잠재적 임신 중절자로 수배하겠다는 것처럼. 나는 눈을 질끈 감았다. 다시 어둠 속으로 밀려 들어가고 있다.

"뭔가 걱정하고 있구나."

아이가 나를 툭 밀었다. 갑자기 반말을 하는데도 기분이 나쁘긴커녕 괜히 눈물이 날 것 같았다. 그 애가 내 손을 꽉 잡았다.

"우리 동갑이니까 친구 할까?"

나는 울지 않으려고 눈을 벅벅 문질렀다.

"동갑이라고 다 친구가 되는 건 아니에요."

그 애가 큰 소리로 웃었다.

"맞는 말이네. 그럼 나만 친구 할게."

"가짜 수능 망쳤다면서요. 뭐가 좋다고 웃어요?"

"기회가 한 번 더 남았으니까. 우린 저주받은 학년이잖아. 갑자기 교육 체제가 바뀌면 모두 불리해지지. 예전 선배들처럼 학력고사 보고 대학 갔으면 편할 텐데. 다들 그렇게 생각할 거야."

어두운 통로를 지나 황금 파라오의 면상 앞에 비이클이 잠시 멈췄다. 울음이 나려는 중에도 웃음이 터졌다. 황금 파라오 면상은 내 웃음 버튼이니까. 울면서 웃는 나를 그 애가 가만히 토닥였다. 누가 누굴 토닥이는 거야? 생각하니 더욱 웃었다.

"이제 어떡해요?"

"뭐? 대학?"

"아니, 임신이요."

"별수 있나, 네가 선택해야지. 엄마에게 이야기해."

"아무리 우리 엄마라고 해도 이걸 이해해 줄까요?"

"이해하지 않으면 어쩔 건데."

"귀찮아서 공부도 안 하는 애가 무슨 끈기로 애를 만들었냐고 할 것 같아요."

"진짜 웃기네, 그 엄마. 우리 엄마랑 비슷하다. 지독하게 비웃는 것도, 자기 딸이 상처받는다는 건 생각도 안 하는 사람인 것도."

"우리 엄마는요, '실질 육아'를 해 본 적이 없대요. 할머니가 그랬어요."

"뭐, 집이 잘살면 그럴 수도 있지."

"그래서 그런지 나한테 관심이 없어요."

"그런 사람도 있을 수 있지. 자기가 왜 엄마가 됐는지 모르는 사람이 많아. 사실, 우리 엄마도 그래."

"난 그런 사람이 되기는 싫어요."

갑자기 그 애가 눈을 가느다랗게 뜨고 나를 가볍게 흘겨보며 말했다.

"그러게 누가 생각 없이 남자랑 어울리래?"

〈인디아나 존스〉의 지프가 덜컹, 하며 수직 하강했다. 내가 가장 무서워하는 구간이었다. 언제 뭐가 나오는지 알면서도 늘 깜짝 놀라고 마는 구간.

혁, 하고 놀랐다가 가슴을 쓸어내리며 옆을 보니 그 애가 없었다. 둘이 떠났다가 하나만 돌아왔는데도 직원은 놀라지 않았다. 나는 비이클에서 쓸쓸하게 내렸다.

언젠가 엄마에게 물어본 적이 있다.
"삶은 흔적을 남길까요?"
아마 어느 조숙한 아이가 나오는 동화책에서 읽었던 것 같다.
그때, 엄마는 내 이마를 톡 치며 말했다.
"아직 나도 몰라요. 좀 더 살아 보고 말할게요."
더 많이 살아 봤으니까 알려 달라고, 오늘 집에 가면 엄마에게 꼭 물어보고야 말리라고 다짐했다. 롯데월드를 나온 나는 걷다가 조금씩 속도를 높였고, 곧 보폭을 넓혀 달리기 시작했다.

작가의 말

저는 아직 딸과 엄마의 중간쯤에 있습니다. 주어진 삶을 앞으로 어떻게 개척해 나갈 것인가, 여전히 불가해하기에 혼란하지만 한편으로는 너무 많은 일을 겪어 더는 뭔가를 깨달을 필요가 없다고 느끼기도 합니다. 튼튼한 다리로 오래 걷거나 달릴 때도 있고, 근육이 전부 없어지는 게 아닐까 싶을 만큼 계속 누워 있을 때도 있습니다. 나보다 현명한 누군가에게 의지하고 싶다가도 철없이 행동하는 다른 누군가를 꾸짖고 싶기도 합니다.

이미 오래전에 "삶은 흔적을 남길까요?"라는 질문과 "좀 더 살아 보고 말할게요"란 답을 주고받았습니다. 그때의 우정 어린 대화를 나눈 사람은 지금 제 곁에 없고, 저는 왜 아직도 그 문답은 나를 사로잡고 있나, 종종 생각합니다.

저 또한 모의고사와 수능을 비롯해 여러 번의 중요한 시험과 평가를 거쳐 왔고, 때론 만족할 만한 결과를 얻기도 했지만 뼈저린 실패에 무너진 적도 있습니다. 이 소설을 쓰면서 그때의 기억들과 시험을 앞두었던 중요한 순간들을 가만히 돌이켜 봤습니다. 언제나 철저하게 준비하고 자신 있게 임했던 것은 아닙니다. 그 결과가 늘 성공적이었던 것도 결코 아니었습니다. 소설가로서도 그렇습니다. 언제나 성취감만을 느꼈기 때문에 여전히 글을 쓰고 있는 것이 아닙니다.

천변을 느리게 걷는 딸과 마감을 하고 지쳐 누운 엄마의 마음을 모두 통과하면서, 삶은 질문과 대답이 영원히 반복되는 것이 아닐까 생각해 봤습니다. 하지만 그게 무엇이든 매 순간 진실하다면, 바로 그게 최선을 다해 삶을 살아가는 사람의 자세가 아닐까, 하고 겨우 조금 짐작해 봅니다.

우리의 팔적 확인 문구

송미경

송미경

『어떤 아이가』로 제54회 한국출판문화상을, 『돌 씹어 먹는 아이』로 제5회 창원아동문학상을 수상했다. 『광인 수술 보고서』 『햄릿과 나』 『가정 통신문 소동』 『오늘의 개, 새』 『나는 새를 봅니까?』 『토끼가 되었어』 『메리 소이 이야기』 『안개 숲을 지날 때』 등을 썼다.

내가 어디에 속한지 모를 때

나는 마법 학교를 다니는 내내 이곳은 내가 있어야 할 곳이 아니라고 생각했다. 다시 1학년으로 돌아가면 벌점 0점에서 시작할 수 있지만, 그러지 않고 자퇴했다.

담임 선생님과의 면담이 끝난 뒤, 엄마와 나는 교장실로 갔다.

"유리야, 네 엄마는 누구보다 잘 지도해 줄 거야."

"자퇴라면 내가 전문가인 셈이니까."

엄마가 웃으며 말했다.

엄마와 교장 선생님은 학생 시절 단짝이었다. 그리고 엄마도 나처럼 중간에 학교를 그만두었다.

"유리도 잘 알겠지만, 이 학교를 나가는 순간브터 마법을 써서는 안 돼. 졸업 시험을 통과하지 못한 학생은 학교 밖에서 마법을 쓸 수 없거든. 모두의 안전을 위해서지. 계속 마법을 쓰지 않다 보면 그런 생활도 익숙해질 거야."

"네, 알고 있어요. 차차 마법 쓰는 법을 잊겠죠."

마법 학교를 그만두고 엄마와 나는 2주간 여행을 했다. 그리고 돌아오는 길에 교통사고가 났다. 우리가 타고 있던 차는 가드레일을 들이받고 비탈 아래로 떨어졌고, 나는 가벼운 찰과상과 어릴 때 사고로 다쳤던 오른쪽 무릎의 추가 치료를 위해 2주 동안 입원해 있었다.

엄마는 수술 후 지금까지도 깨어나지 못하고 있다. 병원에 있는 내내 엄마가 걱정돼 견딜 수 없이 괴로운 날들을 보냈다. 하지만 퇴원 후 이모의 집에 머물며 사촌 모리와 함께하는 동안, 영영 괜찮아지지 않을 것 같았던 마음의 상처도 조금씩 나아졌다.

"오늘은 라볶이 먹자."

모리가 말했다.

"그래, 뭐부터 준비할까?"

"준비라니? 넌 마법사잖아. 마법을 부리면 순식간에 라볶이가 생기는 거 아니야?"

"그런 건 못 해. 며칠 전에도 말했잖아."

여전히 모리는 마법사가 신비로운 존재라고 생각하는 듯했다.

강아지를 사람으로 만들거나, 종이를 돈으로 바꾸어 보았느냐고 묻기도 했으니까.

"그럼 마법을 써서 요리하는 건 보통 어디까진데?"

"빠른 속도로 물을 끓이거나, 손대지 않고 냄비를 휘젓는 정도."

내 말에 모리가 실망한 표정을 지었다.

"겨우?"

"응, 겨우."

겨우 그런 물리 법칙을 일으키기 위해 나는 중학교 내내 마법 수업을 들었고, 겨우 그런 걸 하기 위해 고등학교에 진학했다.

"그럼 나를 놀라게 해 봐. 마법으로!"

"난 이제 마법 안 써. 써서도 안 되고. 그러려고 여기 온 거잖아."

"유리야, 제발. 나한테는 조금 보여 줄 수 있잖아. 얼마나 기대했는데. 내 사촌에겐 마법사의 피가 흐른다! 펑!"

모리가 허공에 대고 양손을 모았다 활짝 펴며 웃었다.

"마법을 쓰지 않고도 맛있는 라볶이 만들 수 있어."

"정말 다시는 마법 안 쓸 거야?"

"응, 다시는. 자신은 없지만."

라볶이를 먹는 내내 모리는 마법 학교에서 있었던 일들에 대해 물었고, 내가 답할 때마다 같은 말을 했다.

"겨우?"

"그래, 겨우 그런 거였다니까."

"그럼 아주 무거운 것도 움직일 수 있어?"

"응, 대상의 무게가 어떻든 마법을 쓸 땐 크게 상관없어. 우리에겐 마법이냐 아니냐의 문제일 뿐이거든."

내 말을 듣고 모리는 잠시 멍한 표정을 지었다. 어쩌면 사고가 났던 그날을 떠올리고 있을지도 모른다. 나는 왜 그때 아무것도 하지 못했을까. 사고가 난 차에서 혼자 빠져나왔던 순간도 기억나지 않았다.

"이모는 깨어나실 거야. 너는 학교에 적응하기만 하면 돼."

모리의 위로에 나는 고개를 끄덕였다.

9월 모의고사가 있는 날, 우리는 평소보다 서둘러서 집을 나섰다. 우리의 등굣길은 우체국과 산책로를 지나는 길인데, 주변의 나무들이 벌써 가을을 조금씩 받아들이고 있었다.

"전학 와서 치르는 첫 시험이니, 기본은 해야겠지?"

"마법 학교에서는 모의고사를 안 봤어?"

"응, 실기 시험만 있거든."

"공부를 안 했다니, 좋았겠다."

"나도 네가 학교에서 배우는 과목들을 배웠어. 시험을 치르지 않았을 뿐이지."

"네가 우리 집에 온 첫날에, 잠들기 전까지 수학 문제 푸는 모습을 보고 생각했어. 진짜 좋아서 하는 게 이런 거구나, 하고. 그러니 시험도 잘 보겠지."

"하지만 모의고사라는 건 처음이라서……."

나는 그저 시험 시간에 다른 아이들에게 폐를 끼치지 않을까 걱정됐다. 마법 학교에서도 시험 시간마다 무척 긴장했고 돌발 행동을 하곤 했으니까.

"답안지 작성법은 어제 연습한 거면 됐고, 시험 시간에 주변을 둘러보면 안 돼. 화장실은 진짜 어쩔 수 없을 때만 가야 해."

"그 정도는 알아. 나도 초등학교는 일반 학교 다녔어."

"그리고 커닝! 넌 충분히 가능하겠지만 안 하리라 믿어."

모리는 뻔한 주의 사항들을 끝없이 늘어놓았다. 그걸 듣는 사이 무겁고 굵은 빗방울이 머리와 콧잔등 위로 한두 방울씩 뚝뚝 떨어지기 시작했다.

"유리야, 혹시 우산 있어?"

"없어."

우린 서로를 잠시 보다가 하늘을 올려다보았다.

"마법을 쓸 생각은?"

"당연히 없지."

"그럼 빨리 가자. 아니지, 비를 좀 맞지, 뭐."

모리는 내가 다리를 절고 있다는 걸 뒤늦게 깨달았는지 그렇게 결론을 내었다.

빗방울이 떨어지는 속도가 점점 빨라지고 있었다.

"빨리 걸을 수는 있어."

"왜 아니겠어. 날 수도 있을 텐데."

모리가 웃으며 말해서 나도 웃었다. 모리가 웃을 때면 보조개처럼 폭 들어가는 아랫입술 꼬리 부분의 패인 자국이 보인다. 어릴 때 장난감에 찔려 생긴 흉터라지만, 그 덕에 모리가 웃는 모습은 더 반짝거린다.

학교가 가까워지자 우산이 없는 아이들이 달려서 교문으로 모여들었고, 우산을 쓴 아이들은 여유 있게 천천히 걸었다. 우산도 없이 교복 주머니에 손을 찔러 넣고 무심하게 걸어오는 아이들도 있었다.

"하늘을 우러러 한 점 부끄럼 없기를!"

중앙 현관에 들어서서 어깨의 물방울을 털고 있을 때, 모리가 갑자기 외쳤다.

"「서시」는 왜?"

"빼먹고 너한테 말 안 한 게 생각나서. 필적 확인 문구라는 게 있어. 수능을 볼 때 동일한 수험생이 모든 시험을 쳤는지 확인할 수 있게 정해진 문구를 매 교시 자필로 적는 건데, 모의고사 때도 해."

"진실로 내가 그대를 사랑하는 까닭은, 많고 많은 사람 중에 그대 한 사람. 너무 맑고 초롱한 그중 하나 별이여, 그대만큼 사랑스러운 사람을 본 적이 없다."

현관에 막 들어선 같은 반 명수가 말을 걸었다.

"비 맞고 이상해졌어? 왜 나한테 아침부터 고박 공격 해?"

모리가 눈을 크게 뜨고 명수에게 말했다.

"예전에 나왔던 수능 필적 확인 문구 몇 개 합친 거야. 시처럼 들리지?"

명수가 웃으며 대답했다.

"유리야, 매해 어떤 문구가 나올지는 아무도 몰라."

"전학 왔어도 다른 고등학교 다니다 온 건데 필적 확인 문구를 모를 리가."

"얘가 다녔던 학교가 좀 특이하거든."

모리가 장난스러운 표정을 지으며 말했다.

"특이한 건 바로 나지. 필적 확인 문구를 다 외우고 있거든."

"그걸 다?"

"명수는 시험과 관계없는 모든 것의 전문가야. 아, 이건 시험과 아주 관계없는 건 아니네."

"너도 알고 나도 알고 우리 모두 아는 필적 확인 문구! 글자 수는 띄어쓰기 제외하고 열두 자에서 열아홉 자 사이, 리을이나 미음, 비읍 중 두 개 이상, 겹받침 포함, 격려와 위로의 메시지, 시에서 많이 나옴. 유래는 2004년에 있었던 수능 부정행위 대거 적발 때부터!"

명수가 말했다.

"아까 하던 거 더 해 봐."

내가 말했다.

"흙에서 자란 내 마음 파란 하늘빛에 물들고, 넓은 벌 동쪽 끝으로 손금에 맑은 강물이 흐른다. 이 많은 별빛이 내린 언덕 위에 넓음과 깊음을 가슴에 채우며 큰 바다 넓은 하늘을 우리는 가졌노라……."

명수의 시를 들으며 3층 우리 교실에 도착했다. 교실의 공기는 평소와 달랐다. 진짜 수능 시험을 치르기라도 하듯 고개를 푹 숙이고 문제집이나 노트를 보고 있는 아이들이 많았고, 그렇지 않은 아이들은 책상에 엎드려 쉬고 있었다.

"전달 사항이 있어. 우리 학교는 '이상한 방식'의 시험을 치르게 되었어. 시험 보는 중에 무슨 일이 생기더라도 묵묵히 시험에 임하기 바란다."

담임 선생님의 목소리가 가늘게 떨렸다. 그렇지 않아도 평소 발성이 특이해서 염소 울음 같은 목소리였는데, 긴장했는지 오늘따라 그 울림이 더 가늘고 얇게 끊어졌다가 이어졌다.

"사전 안내가 없었는데요. 갑자기 이상한 방식의 시험이라니요?"

반장이 손을 들고 질문했다.

"나도 이상한 방식의 시험이라고만 들었을 뿐이야. 이해할 수 없더라도 따라야 한다고 했고……. 우리 협력 학교에서 내려온 안내 사항인데, 몇몇 새로운……."

선생님이 말을 다 잇기도 전에 시험 예비 종이 울렸다.

"자, 시간이 얼마 없어. 그리고 쉬는 시간에 앞 시험에 대해서는 친구들과 단 한 마디도 나눠선 안 된다. 이 두 가지만 기억하면 돼. 일단 무사히 시험 치르고 종례 때 보자."

담임 선생님이 교실 밖으로 나가자 감독관 선생님이 시험지를 안고 교실로 들어왔다.

첫 번째 시험: 국어

늘 예측할 수 없는 일이 생기고, 늘 이해할 수 없는 상황에 놓이고, 늘 그것을 재빨리, 직감으로 처리하는 게 내가 다닌 마법 학교의 시험이었다.

시험지를 전하려고 뒤쪽으로 몸을 돌렸을 때, 명수와 눈이 마주쳤다. 명수가 내게 입 모양으로 "파이팅"이라고 말했다.

나는 오엠알 카드에 기본 정보를 적은 뒤 모리와 명수가 말해 줬던 필적 확인 문구를 찾아보았다.

뒤를 돌아보지 마라, 닭이 되고 싶지 않다면

수험생에게 격려와 위로를 주는 문장이 실린다고 했는데 전혀 그래 보이지 않았다. 하지만 오늘 시험은 이상한 시험이라고 했으니까. 나는 그 문장을 확인란에 그대로 옮겨 적었다.

화법과 작문부터 푼 뒤 비문학을 풀라던 모리의 말을 떠올리며 시험지를 펼쳤다. 주변에서도 아이들의 시험지 넘기는 소리가 들렸다.

"시험 시간엔 시험지 펄럭거리는 소리가 유독 클 거야. 국어 시간에 특히. 무슨 문제가 나왔는지 눈으로 먼저 훑거든. 국어 시험은 시간이 조금 부족해서 쉬운 문제를 먼저 푸는 애들도 많아. 물론 다른 과목도 마찬가지지만."

지난밤에 모리는 그렇게 말했다. 그런데 이 정도로 시험지를 펄럭거린다고?

그 소리는 새들의 날갯짓 소리 같기도, 모닥불이 타오르는 소리 같기도, 심지어 작은 손바닥들이 박수를 쳐 대는 소리 같기도 했다. 간신히 첫 번째 문제를 풀자 시험지 넘기는 소리가 점점 더 거세지더니, 종이를 넘길 때 이는 바람이 선풍기 바람처럼 목덜미를 스쳤다.

교탁 앞 맨 앞자리에 앉은 나는 뒤에서 무슨 일이 벌어지고 있는지 알 길이 없어서 눈동자만 조심스레 굴려 옆자리의 아이들을 살폈다. 모두 나처럼 평범하게 문제를 풀고 있었다. 이상한 일이라고 생각하면서 다시 시험에 집중했다.

7번 문제까지 풀었을 때였다. 닭 울음소리와 날갯짓 소리가 들렸다. 움찔한 나는 고개를 들어 선생님을 보았다. 아이들을 둘러보고 있던 감독관 선생님은 나와 눈이 마주치자 아무 일 없다는 듯 태연하게 계속 문제를 풀라는 눈짓을 보낼 뿐이었다.

잠시 후, 울음소리가 더 크게 나자 감독관 선생님이 뒤쪽으로 걸어갔다. 닭 우는 소리가 더 높아지더니 다급한 비명 소리로 바뀌었다. 그 소리는 문 여닫는 소리가 난 뒤에야 사라졌다.

문득 필적 확인 문구를 다시 보았다. 정말로 누군가가 뒤를 돌아봐서 닭이 되기라도 한 걸까?

시험 문제는 그다지 어렵지 않았다. 질문을 이해하기 위해 몇 번 더 읽어야 하는 문제가 있긴 했지만, 정답을 확신하며 마킹할 수 있었다. 하지만 등 뒤에서 이어지는 종잇장이 쉼 없이 넘어가는 소리, 푸드덕거리는 날갯짓 소리, 닭에게서만 나는 특유의 비릿한 냄새를 더는 참을 수 없었다.

나는 이 모든 걸 멈추는 방법을 안다. 교실 안에 있는 모든 사람의 동작을 멈출 수도 있고, 시험지가 펄럭이지 않게 고정할 수도 있고, 손을 대지 않고도 내 코로 들어오는 냄새를 막거나 귀에 들리는 소음을 차단할 수도 있다. 하지만 나는 일반 고등학교로 전학을 왔고, 마법을 써서도 안 되니 앞으로 이 생활에 적응해야만 했다. 무엇보다 한 점 부끄럼 없이 시험에 임하고 싶었다. 다른 아이들과 똑같이.

간신히 지문을 읽어 가는데, 이번엔 바로 내 뒤에서 닭 울음소리가 났다. 내 뒤라면 분명히 명수다. 신기하게도 그 울음소리는 명수의 목소리와 뒤섞여 명수가 닭 울음을 흉내 내는 것 같기도, 닭이 명수의 목청으로 내게 뭐라고 외치는 것 같기도 했다.

닭이 된 명수가 푸드덕거리는지 등줄기에 날갯짓이 느껴졌다. 뒤이어 닭 울음소리가 교실을 가득 채웠다. 아이들이 낳은 달걀들이 교실 바닥에 구르기 시작했다. 나는 내 발밑으로 굴러오는 달걀을 밟지 않기 위해 발끝을 세웠다.

아직 세 문제나 남았는데 1교시를 마치는 종이 울렸다. 손목시계를 확인하니 정각 열 시였고, 닭 울음소리와 펄럭이는 시험지 소리와 닭 냄새가 순식간에 사라졌다.

"담임 선생님께 들었겠지만, 시험 시간에 있었던 일에 대해서는 단 한 마디도 입 밖에 내지 말아야 해. 이 규칙을 어겼을 때 어떻게 될지는 여러분의 상상력에 맡기겠다."

나는 감독관 선생님이 답안지를 안고 교실을 나간 뒤에야 뒤를 돌아보았다. 그리고 겁에 질린 아이들 사이에 앉아 있는 모리와 명수에게 밖으로 나가자는 눈짓을 보냈다. 우리가 복도로 나왔을 때, 모리가 닭 털 하나를 주워 들었다.

모리와 내가 물을 마시고 화장실에 다녀오는 사이 쉬는 시간이 다 지나가 버렸다. 아이들은 창백한 표정으로 서로를 보고 있었지만, 국어 시험에 대해서는 아무 말도 하지 않았다.

두 번째 시험: 수학

아이들이 흔적 없이 사라진 교실에 남겨진 나

  2교시 수학 시험이 시작되었다. 나는 필적 확인 문구부터 확인했다. 이번에도 이상한 문장이었지만 그대로 옮겨 적었다.
  글자 수는 열두 자에서 열아홉 자, 리을, 미음, 비읍 중 두 개 이상, 겹받침이 포함된 문장. 조건 중 격려와 위로의 메시지라는 요건은 또 충족되지 않았다. 그러나 시란 그런 것일지도 모른다. 상징과 침묵으로 의미를 전달하는 것. 그러니 '남겨진 나'라는 말이 반드시 나쁜 말은 아닐지도 모른다.
  엄마는 늘 내게 모든 일은 마지막에 가 보면 좋은 일이 된다고 말해 주었다. 이모와 모리가 곁에 있지만 엄마가 여전히 깨어나지 못하고 있으므로 나는 혼자가 된 거나 마찬가지니, 어쩐지 하나도 맞지 않는 말 같지만.
  며칠 전, 엄마의 담당 의사 선생님은 내가 엄마를 떠나보낼 준비를 해야 한다고 말했다. 엄마는 이미 준비를 거의 마친 상태라는 말도 덧붙였다. 하지만 나는 조금도 그럴 생각이 없다. 엄마는 내가 준비될 때까지 항상 기다려 주었다. 그러니 준비가 되지 않은 나를 남겨 두고 이 세상을 떠나지는 않을 것이다.
  시험지를 넘기며 문제들을 훑는데 함수의 극한 문제가 보였다.

나는 명제의 참과 거짓을 가려내는 문제를 좋아한다. 그래서 그 문제부터 풀까 생각하다가 1번 문제로 되돌아 왔다.

내가 원한 삶은 이런 것이었다. 내가 들인 시간만큼의 답을 내는 것. 해결할 수 없는 문제 앞에서 오래 머뭇거리는 것.

마법 학교에선 아무도 그러지 않았다. 나는 반쪽짜리 마법사였지만, 온전한 마법사로 태어난 아이들은 보통 참과 거짓 따위가 필요하지 않은 삶을 산다. 마법사에게 중요한 것은 노력이나 과정이 아닌 결과다. 아주 놀라운 결과를 수고롭지 않게 얻는 것, 예상치 못한 물리 법칙을 한순간에 뒤엎는 것이 마법사들이 해결해야 하는 과제다.

"또 머리를 굴렸구나. 노력하는 마법사는 무능한 마법사야. 유리야, 그 버릇부터 고쳐야 해."

"선생님이 다치실까 봐 그랬어요."

지진으로 칠판 위의 액자가 떨어지는 순간 교실 앞으로 뛰어나간 내게, 담임 선생님은 이렇게 말했다.

"그걸 발견했다면 마법을 썼어야지. 제발 소란 피우지 말고 수업에 집중해. 넌 이번 시험도 실패구나. 자, 아이들이 해 놓은 걸 봐."

선생님은 곁눈질로 다른 아이들이 마법을 써서 다시 걸어 둔 액자를 가리켰다.

마법 학교의 시험은 늘 그런 식이었다. 갑자기 어떤 일이 일어나고, 우리가 그것에 반응하는 방식이 신속하고 명쾌한 마법이었느냐를 평가하는 것. 나는 매번 최하 점수를 받았다.

물론 내 친구 마호리도 점수가 안 좋기는 마찬가지였지만, 마호리는 엉뚱한 마법을 써서 꾸중을 듣는 정도였다. 석고 데생 마술이 있던 날 아이들은 연필이나 석고상을 이용해 데생을 마무리하는데 순식간에 종이를 구겨 석고 데생을 종이 부조로 바꿔 버린다거나, 열린 창으로 불어오는 바람에 나부끼는 커튼을 순식간에 떼어 창밖으로 날려 버리는 식이었다. 창문을 닫는 마법을 써야 했는데 말이다.

마호리는 언제나 마법으로 엉뚱한 일을 했고, 나는 결정적인 순간마다 마법이 아닌 몸을 썼다. 세상 사람들이 말하는 당연한 몸짓, 그러니까 순리에 따르는 행동을 함으로써 벌점을 늘려 갔다. 마법 학교의 아이들은 그런 나를 놀리거나 괴롭히지는 않았지만, 그룹 활동에서 나와 같은 조가 되는 것을 꺼려 했다.

집이라고 다른 건 아니었다. 사춘기에 접어든 나는 마법 능력이 발현된 후 내가 마법사 혈통이라는 것을 알게 되었다. 그런데 아빠는 내 마법을 보면 싫은 내색을 하곤 했다. 하지만 아빠가 싫어한다고 해서 식탁 아래로 떨어지는 유리컵을 다시 식탁 위에 올리는 일 같은 건 내가 조절할 수 있는 게 아니었다.

"여보, 이건 유리가 어찌할 수 있는 일이 아니오. 나도 겪어 봐서 알아. 나는 결국 마법사로 살기를 포기했지만······."

"만약 유리가 마법사의 길을 걷지 않으면 어떻게 되는 거야?"

"잊고 사는 거지. 능력이 완전히 사라지지는 않은 채로."

"그러면…… 놀이공원 사고 때 유리를 좀 더 빨리 구할 수 있었는데도 마법을 쓰지 않은 거였구나."

"그게 최선이었어."

엄마가 그렇게 대답하자, 아빠는 고개를 저었다.

"조금만 더 빨리 안전벨트를 풀고 열차에서 내렸으면……."

그 사고로 나는 오른쪽 다리를 절게 되었다.

내 마법 때문만은 아니었겠지만, 아빠는 하고 있던 피아노 제작 일을 위해 독일의 한 악기 제작사로 직장을 옮겼다. 한국을 떠난 것이다. 그리고 나는 비밀리에 운영되는 마법 학교의 기숙사에 들어갔다.

처음부터 마법사로 태어나서 유치원생 때부터 마법사 과정을 밟아 온 아이들 틈에서 열 살이 넘은 뒤에야 마법 학교에 들어온 나는 모든 게 뒤죽박죽일 수밖에 없었다. 그나마 뒤늦게라도 입학을 할 수 있었던 건 엄마의 어린 시절 단짝이 마법 학교의 교장직을 맡고 있어서였다.

기대를 가득 안고 마법 학교 생활을 시작했지만, 거기서도 나는 크기가 맞지 않는 톱니 같았다. 어디에 끼워 놔도 어긋나서 제대로 작동하지 않는 톱니. 세상에서는 예기치 않게 튀어나오는 마법 때문에, 학교에서는 제때 적절한 마법을 쓰지 못해서.

정신을 차려 보니 교실이 너무 조용했다. 시험지 넘기는 소리는커녕 문제를 풀 때 글씨를 쓰는 소리나 사람이 내는 어떤 작은 인기척도 들리지 않았다.

나는 눈동자를 굴려 양옆의 아이들을 살폈다. 빈자리 위에 시험지와 필기구만 놓여 있을 뿐이었다. 그렇다면 뒤에도 아무도 없는 걸까? 고개를 들자 교탁 앞에 서 있던 감독관 선생님이 내게 눈짓으로 계속 문제를 풀라고 했다. 마법 학교에서는 이런 일 정도야 아무것도 아니었지만…….

문득 필적 확인 문구를 다시 확인해 보았다. 아이들이 흔적 없이 사라진 교실에 혼자 남겨진 나. 그 문장을 이렇게 바꿔 보았다. 마법사가 흔적 없이 사라진 세상에 혼자 남겨진 나.

나는 마법 학교를 졸업한 선배들이 물건을 옮기는 단순한 마법만으로 얼마나 많은 사람의 생명을 살렸는지 안다. 그래, 마법사는 돌연변이나 쓸모없는 사람이 아니다. 눈에 절대 띄지 않지만, 세상이 조금 더 쉽게 호흡하도록 만들어 주는 소중한 일을 하니까. 상점에서 아르바이트를 하며 혹은 직장에서 혹은 공연을 하며 주위에서 발생하는 아주 작은 사고를 일반인보다 몇 초라도 빨리 감지하고 바로 해결하는 것. 그것이 마법사가 할 수 있는 최선의 일이다.

사소하다고 여겼던 그 일들에 내가 좀 더 의미를 뒀다면, 마법을 보다 잘 배우고 익힐 수 있었을까? 그랬다면 그날의 교통사고도 막을 수 있었을까?

엄마는 앞차를 들이받는 대신 가드레일을 받은 후 언덕 아래로 추락했다. 그 덕에 우리 앞에 있던 어린이집 셔틀버스는 무사할 수 있었다.

'그게 엄마가 쓸 수 있는 마법의 한계였을까? 왜 엄마는 그 순간 자신을 생각하지 않은 걸까?'

나는 시험지 여백에 그렇게 쓰고, 아무것도 하지 못했던 그 순간을 곱씹었다. 에어백 때문에 턱에 타박상을 입긴 했지만, 나는 골절은커녕 뼈에 작은 금도 가지 않았다. 사고가 일어났을 때, 엄마는 그 순간에 할 수 있는 모든 것을 했으리란 생각이 들었다.

내 몸으로도 마법으로도 그 무엇도 할 수 없는 순간을 겪은 건 그때가 처음이었다. 하지만 곧 내가 자리에 앉아 샤프를 사각거리며 문제 풀이를 하는 이 시간이 내게 주어진 최선의 시간일 거란 생각이 들었다. 그래서 수학 문제를 계속 풀어 갔다. 완전한 고요 속에서.

함수 문제까지 풀고 고개를 들자, 이번엔 내 앞에 서 있던 감독관 선생님의 모습도 보이지 않았다.

갑자기 마법 학교에서 작은 화로의 불을 끄는 수행 평가를 보던 중 일어난 폭발 사고가 떠올랐다. 아이들이 쓴 여러 개의 마법이 동시에 실행되며 충돌하는 바람에 화로가 폭발했던 것이다. 그 사고로 교실은 폐쇄되었고, 한동안 과학실에서 수업을 해야 했다. 그리고 나를 비롯해 반 학생 중 절반이 응급실에 실려 가 입원 치료를 받아야 했다.

"마법사는 완전하지 않지. 마법으로 좋은 일을 할 수도 있지만, 크고 위험한 일에 휘말릴 수도 있어. 그래서 안전하고 신속한 사고, 상상력이 개입되지 않은 객관적인 해결책을 찾는 훈련을 해야 한다. 정답보다 오답을 피하는 거다. 대부분의 상상력은 마법사에겐 위험해. 그건 타락한 존재들이 사람들을 위협할 때만 쓰는 것이니까."

입원했던 아이들도 퇴원해 모두가 과학실로 돌아온 날, 담임 선생님이 말했다. 사고를 겪은 우리에겐 낯설고 새로운 법칙처럼 무겁게 느껴지는 말이었다. 게다가 마호리가 시험 때 불을 불로 끈다는 엉뚱한 발상을 한 사실을 고백한 후 자퇴한 일까지 알려져, 우리 모두는 그 사건에 대한 책임감을 나누어 짊어지고 있었다.

그런 일들을 겪으며 내 몸에는 점점 마법의 힘이 뒤섞여 갔다. 그 상태에서 다시 그전의 나로 돌아가는 것은 쉬운 일이 아니었다.

이모의 집에 내 방이 꾸려지기 전까지, 처음 며칠간은 모리와 함께 방을 썼다. 둘이서 어린 시절의 추억을 더듬어 가던 어느 밤, 열어 둔 창문으로 비가 들이닥쳤다.

"어우, 귀찮아. 그렇지만 너를 위해 내가 닫아 주지."

모리는 투덜거리면서도 입가에 웃음을 띤 채 창문을 닫았다.

"아, 그러고 보니 너는 누워서도 창문 닫을 수 있었을 거 아냐?

눈 하나 깜짝 않고 말이야. 펑! 하고."

"기숙사에선 그랬지. 팔을 뻗어 창문을 닫거나 날아가는 모자를 힘겹게 잡을 필요는 없었어. 바람이 하는 일, 그런 뻔한 일들은 우리도 할 수 있었으니까."

"그게 뻔하다고? 바람이 하는 일을 해내는 게?"

"뻔한 거지. TV 리모컨으로 TV를 켜는 것처럼. 아무것도 아닌 거야. 조금 날아오르는 것도, 도둑이 빼앗아 간 가방을 되찾아 오는 것도, 물건을 잠시 사라지게 했다 다시 나타나게 하는 것도. 하지만 그런 건 바람도 할 수 있는 일이야."

"그렇구나. 바람이 하는 일은 바람에게."

마법 학교에 다녔을 때, 나는 내가 51점짜리 마법사라고 생각했다. 그리고 모리와 함께 평범한 나날로 돌아온 뒤의 평범한 사람으로서의 나도 51점이라고 생각한다. 그러니까 내 절반은 완전히 사라진 것이 아니라 내 안에 여전히 웅크린 채 존재하고 있는 것이다.

50이었던 마력은 49가 되었고, 앞으로도 조금씩 줄어들 것이다. 완벽히 사라지지는 않을 것이다. 과연 나는 마력을 얼마까지 줄일 수 있을까?

다시 시험 문제에 집중했다. 내가 애쓰면 풀 수 있는 문제들이 앞에 주어져 있다는 것이 다행으로 여겨졌다. 수학 문제를 푸는 동안, 내가 제대로 할 수 있는 게 아무것도 없다는 생각이 조금씩 흐려졌다. 조금씩 괜찮아졌다.

배점이 높은 마지막 문제까지 풀고 나서도 시간이 조금 남았다. 답안지에 답을 제대로 마킹했는지, 누락된 부분은 없는지 확인했다. 그래도 시간이 남아서 주저했던 6번 문제를 다시 풀었고, 풀이 과정에서 사소한 연산 오류를 찾아냈다. 가장 쉽다고 생각해서 단번에 풀었던 첫 번째 문제도 다시 풀었다. 그러는 동안 열두 시 십 분이 되었고, 2교시를 마치는 종이 울렸다.

갑자기 음소거가 해제된 것처럼 한꺼번에 소리가 터졌다. 아이들이 웅성거리거나 한숨 쉬는 소리, 하품을 하거나 웃는 소리, 의자 끄는 소리, 필기구 정리하는 소리. 시험지를 걷으라는 선생님과 아이들의 몸짓에서 나는 소리까지 합쳐지자 서늘하던 교실이 순식간에 아늑해졌다.

"유리야, 밥 먹으러 가자."

모리가 나를 부르자 명수가 얼른 따라붙었다. 1교시 때 겪어서인지, 우리는 특정한 상황에 대해 침묵하는 것에 익숙해졌다.

"좀 살 것 같아."

내가 계단을 내려가다 말을 꺼내자 명수가 곧바로 대답했다.

"수학은 원래 죽을 만큼 힘든 거지."

"명수야, 유리는 달라. 공부를 힘들어하진 않을걸? 쟨 틈만 나면 수학 문제집을 풀어. 심지어 스트레스받을 때나 아무것도 하기 싫을 때도. 덕분에 내 학원 숙제도 그동안 유리가 다 해 줬지."

모리의 말에 명수가 내게 엄지손가락을 세웠다.

"어떻게 그럴 수 있어? 수학이 취미라니."

"네가 짜증 나거나 심심할 때 게임하는 거랑 다르지 않을걸?"

"그렇다면 취미를 넘어서 인생의 유일한 즐거움?"

이제야 좀 납득이 된다는 표정으로 명수가 물었다. 나는 고개를 갸웃거린 뒤 웃었다.

"유리야, 우리 학교 좋지? 여기서는 네가 모범생이잖아."

모리가 말했다. 나는 또 고개를 갸웃거린 뒤 웃었다. 내가 긴장하거나 실수하지 않을 수 있는 일을 찾은 것이다.

"그럼 전학 오기 전엔 어땠어?"

"성적이 아주 안 좋았어. 뭐든 다 엉망진창이었어."

명수의 말에 내가 답했다.

"아무리 학교가 달라도 국어가 거기서 거기, 수학이 거기서 거기일 텐데. 거긴 얼마나 잘하는 애들만 모였길래? 하긴, 내 사촌이 중학생 때까지는 반에서 일등만 했는데, 그런 애들만 모인 고등학교에 가서 엄청 고생했어. 결국 학교를 다시 옮길 정도였다니까."

명수가 공부 잘하는 고등학생들이 모여 있다는 몇몇 학교의 이름을 이야기했고, 모리와 나는 그 말에 고개를 저으며 급식을 받왔다. 오늘의 메뉴는 양배추 소고깃국과 브로콜리 두부부침, 불고기, 김치 그리고 팩에 든 사과주스였다.

"거기서도 이런 급식이었어?"

모리가 브로콜리를 덜어서 내 식판에 옮기며 말했다. 모리는 브로콜리를 못 먹고, 나는 브로콜리를 좋아하기 때문이다.

"많이 다르지는 않았어."

"그건 달랐다는 말이잖아. 바비큐포크립에 후식으로 티라미수가 나오고 그랬어? 아무리 봐도 네가 그런 학교에 다닐 분위기는 아닌데 말이야."

명수가 말했다.

"내가 어떤 분위기인데?"

"나나 모리 같은 분위기지. 그러니까…… 뭔가 조금 모자란?"

명수의 말을 듣고 나는 나도 모르게 활짝 웃음을 지었다.

"야, 뭘 그렇게 좋아해?"

"좋지, 완전."

그냥 웃음이 계속 나왔다.

"넌 명수 같은 분위기 좋을지 몰라도, 나는 쟤보다 훨씬 고급스럽고 지적인 분위기라고."

"그럼 나랑 유리랑 같은 분위기 할 테니까 너는 빠져."

우리는 시시한 이야기들, 우리의 삶에 아무런 영향을 끼치지 않는 이야기들, 액자를 다시 벽에 걸거나, 촛불을 불지 않고 끄거나, 손을 대지 않고 문을 여는 아주 낮은 단계의 구질구질한 마법보다 더 작은 이야기들을 떠들어 댔다.

"마법사에게 가장 필요 없는 것은 노력, 농담, 행동이지. 잊지 마라. 짧은 인생을 그런 데 허비하면 안 돼."

내가 교칙을 어길 때마다 선생님이 덧붙인 말이었다.

"명수야, 영어 듣기 평가 때 집중 잘해라. 그래야 꼴등은 안 하지."

"너나 잘해. 나는 영어 듣기 평가 땐 문제 듣자마자 바로 정답 체크하고, 남는 시간에 뒷장 문제 풀다가 넘어오거든. 마지막 두 문제도 한 번에 끝낸다고."

"빨리 풀면 뭐 해. 오답이 많잖아."

"너는 끝까지 풀지도 못하잖아. 난 시간이 남는단다."

둘은 교실로 들어설 때까지 장난을 치다가 시험 끝나고 햄버거 가게에서 이른 저녁 식사를 한 다음 피시방에 가자고 했다. 피시방은 처음 가는 거라서, 조금 마음이 들떴다.

세 번째 시험: 영어

쏟아지는 검붉은 빗줄기는 강을 이루고

시험이 시작되자 필적 확인 문구부터 확인했다. 띄어쓰기를 뺀 글자 수를 세어 보았다. 열일곱 자. 하지만 조금도 희망적이지 않은 문장이었다.

'과목마다 다른 문구가 나온다는 말은 듣지 못했는데……'

의문이 생겼지만 곧 듣기 평가가 시작되었고, 나는 방송에 귀를 기울였다.

방송과 동시에 창밖에서 쏟아지는 빗소리가 닫힌 창문을 뚫고 들려왔다. 교실 안까지 빗물이 들이쳤다. 실내화가 축축하게 젖어 들었다. 바닥에 검붉은 물이 고여 갔다. 창이 닫혀 있는데 어디서 물이 들어오는 거지? 눈동자를 굴려 옆의 친구들을 보았지만 희미한 동작만 보일 뿐 표정까진 알 수 없었다.

이젠 방송을 조금도 들을 수 없을 정도였다. 발목까지 차올랐던 빗물은 듣기 평가 세 번째 문제가 나올 때쯤 종아리 중간까지 차올랐다. 그리고 질문과 함께 음악이 흘러나왔다. 차이콥스키 협주곡 1번이었다. 언젠가 엄마는 내게 그 곡을 연주하는 영상을 보여 주며 지휘자와 바이올린 연주자가 피아노 연주자에게 푹 젖어든 것 같다고 말했다.

"저렇게 풍부한 감수성으로 이 험한 세상을 살긴 힘들 테지만, 그래서 저런 연주를 하는 걸지도 몰라."

영혼을 빼앗긴 사람처럼, 엄마는 화면 속 연주회를 한동안 아무 말 없이 보고 있었다.

나는 엄마와 함께 같은 공간에서 같은 마음으로 들었던 그 곡을 우연히 어디선가 들을 때면 엄마를 떠올리곤 했다. 엄마는 어떤 사람에게 주어지는 남다른 영역은 그 사람을 그 사람만의 아름다움으로 이끈다고 했다. 우리 같은 절반만 마법사인 삶도 그럴 거라고도 했다. 그때 나는 엄마와 그런 이야기를 주고받다가 한 가지 중요한 점을 깨달았다.

"엄마, 나는 어떤 일을 할 때 마법을 써야 할지 말지를 늘 고민해. 그리고 급할 땐 마법은 소용이 없어져."

"그렇구나. 그러고 보니 나도 그랬어."

엄마는 그렇게 중얼거리며 고개를 끄덕였다. 그 이야기를 끝으로, 나는 마법사가 되기 위해 공부하는 걸 그만두기로 했다.

내게 마력이 있다는 것을 발견한 뒤, 나는 다른 아이들과 같은 삶을 살 수 없을 거라 생각했다. 그런데 마법 학교에 간 뒤엔 내가 온전한 마법사로 살 수 없다는 걸 깨달았다. 그런 혼란을 반복해서 겪을 때, 나를 재촉하지 않은 사람은 엄마뿐이었다.

그런 엄마가 세상을 떠나게 된다면 나는 혼자 세상을 살아갈 수 있을까? 이렇게 어디에도 온전히 속하지 못한 채로?

다시 눈을 뜨고 차오르는 음악 속에서 사람의 언어를 구별해 내려 애썼다. 듣기 평가에 필요한 소리만 골라내야 했다. 악기도 사람도 모두 주파수와 배음 구조에 의해 독특한 음색을 내기 때문에, 직관적으로 알아채고 구별해야 한다.

'지금 마법을 쓴다면?'

순간 이 모든 일이 간단해질 거라는 생각이 떠올랐다. 두 소리 중 음악 소리만 소거할 수 있으니 말이다.

하지만 나는 조금도 망설이지 않고 고개를 저었다. 내가 원하는 삶은 마법을 쓰지 않는 지금의 삶이라는 생각이 들어서였다. 지금은 서툴지만 천천히 해 나가면 될 것이다. 내가 원하는 모습이 되지 못하더라도 그 방향으로 걷고 있다는 것만으로 기쁠 것이다. 그렇게 생각하자 마음이 편안해졌다.

그저 검붉은 물줄기가 가만히 내 마음을 통과하도록, 지나가도록, 음악이 이 시간을 지나쳐 흐르도록 내버려두었다. 그러자 끈적하고 검은 물줄기들이 어딘가로 흘러가 교실 바닥이 드러나는가 싶더니, 작은 얼룩도 남기지 않고 사라져 버렸다.

듣기 평가는 대부분 정답을 체크하지 못해서 아무 번호나 골라야 했지만, 뒤쪽 문제들은 제대로 풀 수 있었다.

시험 종료를 알리는 종이 울린 것은 오후 두 시 이십 분이었다. 시험지를 걷는 동안, 이제야 제대로 시험을 치렀다는 생각이 들어서 마음이 벅차올랐다. 조금만 더 시간이 주어졌다면 눈물을 쏟았을지도 모를 일이었다.

"유리야, 너 울었어? 운 사람처럼 눈이 빨개."

쉬는 시간이 되어 모리와 복도로 나가자 명수가 말을 걸었다.

"시험이 너무 어려워서 울었겠지?"

모리는 내가 울었다는 것을 알았을 것이다. 가끔 내가 가만히 있을 때면 왜 울지 않느냐고 묻곤 했으니까.

"공부 잘한다더니, 거짓말이었어? 영어 시험이 어려워서 울 정도였다고?"

"그래, 울 정도였어."

우리의 필적 확인 문구

이후 시험은 생각보다 순조로웠다. 4교시의 필적 확인 문구는 '어둠 속 진실을 밝혀 잠든 아이들을 깨우라'였다. 한국사 문제를 푸는 동안, 교실이 점점 어두워지더니 아이들이 하나씩 잠들었다. 그리고 내가 마침내 완전한 암흑을 견디어 냈을 때 시험이 끝나는 종이 울렸다. 각자 어떤 과정을 겪었는지는 모르지만 함께 고생한 아이들은 쉬는 시간이 되자 모두 잠에서 깨어나 자신이 원하는 것을 했다. 명수는 복도에서 슬리퍼 축구를 하다가 걸려서 선생님께 혼이 났다. 물론 그 역시 놀랄 일은 아니었다.

5교시의 필적 확인 문구는 '조각난 빛이 하나로 모여 너를 밝힐 때'였다. 이쯤 되자 놀이공원에 놀러 온 심정이 되었다. 거울에 반사된 무수한 빛 때문에 눈이 부시고 정신을 차릴 수 없었지만, 아이들의 흥얼거리는 소리와 몸을 흔들며 춤을 추는 모습이 어쩐지 우스꽝스럽기까지 했으니까. 우리는 웃긴 추억들을 한꺼번에 기억해 낸 사람들처럼 웃거나 춤추며 각자 선택한 과목의 문제를 풀었다. 덕분에 쉬는 시간엔 모두 지쳐서 책상에 엎드려 쉬었고, 모리는 아예 코를 골며 잠들어 버렸다.

이상하게도, 모의고사를 치르며 삶에서 지나쳐 왔던 부분들, 더 깊이 생각하지 않으려고 외면했던 기억들을 꺼내 볼 수 있었다.

6교시의 필적 확인 문구란은 비어 있었다. 왜 필적 확인 문구가 없는지 선생님에게 질문하는 아이는 없었다. 각자 쓰고 싶은 문장, 우리가 우리 자신을 위로하고 응원할 수 있는 문장을 적어도 될 거라고, 모두 그렇게 생각했을 것이다.

다음 날에야 우리는 모의고사 때 일어났던 일들을 이야기할 수 있었다. 하지만 이미 그 일은 그리 놀랄 만한 것이 아닌, 조금 이상한 소동으로만 기억되고 있었다. 이 땅에 마법 학교나 마법사가 존재하는지 모르는 아이들이 어디서 들었는지 학교에 마법사가 전학을 와서 생긴 일이라고 주장하긴 했지만, 오십 년에 한 번씩 학교에서 이상한 시험을 치른다는 전설이 퍼지면서 이야기는 자연스레 마무리되었다.

마법사였던 학생이 일반 학교로 전학을 왔을 때, 그 아이는 물론이고 같은 반 친구들까지 모두 이상한 방식의 시험을 비밀리에 통과해야 한다는 것을 알게 된 건 의식을 되찾고 퇴원한 엄마를 통해서였다. 마침 엄마의 생일이 3일 지난 뒤여서, 이모와 모리와 나는 생일 파티를 열기 위해 케이크를 만들고 피자도 주문했다.

"나도 그런 시험을 치렀지. 그땐 필적 확인 문구가 없었지만."

엄마가 말했다.

"그건 우리가 끝까지 마법을 쓰지 않고 자리를 지키는가를 보는 시험이었어. 교실에 토끼가 뛰어다니고 왕벌들이 날아다니고…… 난리도 아니었어."

엄마는 그 후로 마력이 거의 사라졌다고 했다. 이제는 마법을 쓴 건지 우연인지 스스로도 눈치챌 수 없을 만큼 사소한 영역, 예를 들면 공원을 걷다가 갑자기 날아든 야구공을 잡는다거나 가족이 잃어버린 물건을 순식간에 찾아내는 정도가 된 지 오래라고.

"그러면 유치원 셔틀버스를 피하다 비탈로 떨어진 건?"

"본능이었지."

"마법사의 본능?"

"아니, 사람으로서의 본능. 그리고 난 그쪽이 그렇게 가파를 줄은 꿈에도 몰랐어. 당연히 네가 다칠 거라거나 내가 병원 신세를 오래 질 거라는 생각도 못 했지. 사실 나도 나를 잘 몰라."

엄마의 말이 끝나자마자 이모는 네 엄마는 원래 뭐 하나 제대로 딱 부러지게 할 줄 아는 게 없다고 했다. 그리고 그 순간, 이모가 손에 쥐고 있던 초가 정말 똑 부러져 버렸다. 우리는 놀란 이모를 보며 한참을 웃어 댔다.

한 달 뒤, 모의고사 성적표가 나왔다. 선생님은 성적표를 받고 입을 떡 벌리고 있는 아이들에게 말했다.
"원래 이상한 일은 갑자기 일어나는 법이야. 아무도 설명할 수 없고, 잘 모르는 걸 애써 설명할 필요도 없지."
그 말에 대답하는 아이는 아무도 없었다. 모두 자신의 평소 성적보다 더 좋은 성적을 받았기 때문이었다.

집으로 돌아가는 길, 따스한 온기와 차가운 바람이 뒤섞인 평범한 10월의 날씨였다.
"너희는 모의고사 날 6교시 필적 확인 문구 뭐라고 썼어?"
모리가 명수와 내게 물었다.
"두툼한 뱃살도 부끄러워하지 않는 넓은 내 마음."
명수가 손가락을 펴서 글자 수를 세어 가며 말했다.
"너 정도면 부끄러워해도 될 텐데."
모리가 말했다.
"넌 뭐라고 썼는데?"
내가 모리에게 물었다.
"까닭 없이 웃고 떠들며 매일을 밝히리라."
모리에게 꼭 어울리는 말이었다. 이번엔 모리와 명수가 동시에 나를 쳐다보았다.

"내가 밝히지 않았는데도 빛나는 저 하늘의 별들."

"오, 겹받침 두 번이나."

그 후로 우리는 수능에 어떤 필적 확인 문구가 나올지 이런저런 이상한 문장들을 만들며 걸었다.

살면서 또 어떤 일들 때문에 힘들어질지 알 수 없다. 그때 내가 어떤 말을 하고, 어떤 행동을 할지도 전혀 모른다. 한두 번은 내가 조금 더 노력했다면 가능했을, 그럴듯한 마법사의 길을 포기한 걸 후회할 수도 있을 것이다. 하지만 나와 모리, 명수가 무얼 하건, 우리는 딱 우리만큼 해낼 수 있을 것이다.

민수는 삼거리 신호등 앞에서 헤어질 때 2021년 필적 확인 문구를 인용해서 인사를 했다. "넓은 하늘로의 비상을 꿈꾸며!"라고.

작가의 말

여전히 자라고 있고 조금씩 새로워지는 청소년기에 자신의 몸과 마음을 살필 수 있는 시간이 더 많아지면 좋겠어요. 살아가며 겪는 모든 순간이, 살아 있는 하루를 선명하게 살피는 시간이 되기를 소망합니다.

단풍의 꽃말은 모의고사

ⓒ 강석희·박민정·송미경·심녀울·조규미, 2024

초판 1쇄 발행일 | 2024년 9월 30일
초판 2쇄 발행일 | 2025년 6월 25일

지은이 | 강석희 박민정 송미경 심녀울 조규미
펴낸이 | 정은영
편 집 | 전유진
디자인 | 이선희
마케팅 | 최금순 이언영 연병선 송의정 김정윤
제 작 | 홍동근

펴낸곳 | (주)자음과모음
출판등록 | 2001년 11월 28일 제2001-000259호
주 소 | 10881 경기도 파주시 회동길 325-20
전 화 | 편집부 (02)324-2347, 경영지원부 (02)325-6047
팩 스 | 편집부 (02)324-2348, 경영지원부 (02)2648-1311
이메일 | jamoteen@jamobook.com

ISBN 978-89-544-5151-2 (43810)

잘못된 책은 구입한 곳에서 교환해 드립니다.
이 책의 판권은 지은이와 (주)자음과모음에 있습니다.
책 내용의 전부 또는 일부를 사용하려면 반드시 양측의 동의를 받아야 합니다.